Jan Jakubowski

Mein Überlebenskampf mit Beteiligung des Himmels

Jan Jakubowski

Mein Überlebenskampf
mit Beteiligung des Himmels

Die Herausgabe dieser zweiten Auflage wurde befürwortet und unterstützt durch das Fachreferat Gedenkstättenarbeit der Landeszentrale für politische Bildung Baden-Württemberg und durch das Pädagogisch-Kulturelles Centrum Ehemalige Synagoge Freudental e.V. sowie von der Konrad Adenauer Stiftung.

Die Konrad-Adenauer Stiftung fühlt sich den Ideen und Zielsetzungen des ersten deutschen Bundeskanzlers verpflichtet. Eine ihrer Kernaufgaben ist die Vermittlung von politischer Bildung. Die regionalen Bildungswerke nehmen dabei die Aufgabe wahr, u.a. über zeitgeschichtliche und aktuelle politische Themen zu informieren. In diesem Zusammenhang führt das Bildungswerk Stuttgart Veranstaltungen und Autorenlesungen mit Herrn Jan Jakubowski durch.

Herstellung: Books on Demand GmbH
ISBN 3-8330-0462-2

Ein Bericht
für die Nachkommen

יזכּור

Zum Gedenken an die von mir genommenen
lieben, teuren Seelen:

Großmutter Rachel
Mutter Natalia
Schwester Hinia
Stiefvater Pinkas
Stiefbruder Aaron
Stiefbruder Josef

INHALT

Die Nachkriegsjahre

Überlebenskampf – Teil 2

Der Schriftsteller Hermann Kesten sagte einmal: »Was wir nicht aufschreiben, ist umsonst gelebt, ist wie nie gewesen«. Das traf schon auf seine Schaffenszeit in der Weimarer Republik zu. Nach dem Holocaust bestätigt sich dieser weise Satz erneut – freilich mit ungleich grösserer Berechtigung. Einige Zeitgenossen aber möchten am liebsten bereits wieder alles vergessen und damit einen Teil der Geschichte auslöschen. Andere gehen noch weiter und leugnen den Holocaust ganz. Diese Tatsachen allein zeigen, wie wichtig es ist, die noch verbliebenen Zeugen des Holocaust zur Berichterstattung zu ermuntern, ihnen bei dieser Arbeit zu helfen und ihre Zeugnisse zu archivieren. Diese Aktion läuft bereits seit längerem (Steven Spielbergs SHOA FOUNDATION) und ist weitgehend schon abgeschlossen, allerdings nur als visuelle Berichterstattung. Ein wahrhaftiger Bericht sollte aber nichts verschweigen und nichts hinzufügen. Bei aller Ehrlichkeit der Berichterstatter gibt es einige objektive Faktoren, die hier Schwierigkeiten bereiten. Beispielsweise die Abnahme der Gedächtnisleistung im fortgeschrittenen Alter, Schilderungen vom Hörensagen oder auch eigene Vermutungen. Nun, solange die nämlichen Schilderungen nicht zum Füllen der Gedächtnislöcher oder zur Erzeugung einer höheren Spannung des Erzählten dienen, sind sie durchaus akzeptabel und vielleicht erforderlich, um das Ganze aufzuschreiben und es dadurch den Mitmenschen leichter mitzuteilen.

Ich beschloss, mit meinen Aufzeichnungen ausschließlich bei nackten, eindeutigen Tatsachen zu bleiben, diese weder auszuschmücken noch zu verunstalten. Ich verlasse mich ganz auf den Leser, der auch ohne Wiederholung einer Schilderung in anderer Form den Gedanken des

Autors folgen kann. Das hat auch einen Vorteil; denn bei einem kompakten klaren Text mit wenig Redundanz nutzt der Leser die gesparte Lesezeit automatisch für seine eigene Deutung, die auch nur der Intention des Autors entsprechen kann und dem Leser größere Genugtuung bringt.

Nach der Fertigstellung musste ich feststellen, dass ich meiner Absicht doch nicht voll und ganz gefolgt bin. Meine Gefühle haben sich doch ein wenig auf den Text ausgewirkt, und da und dort habe ich mir auch ein paar philosophische Seitensprünge erlaubt. Der Leser möge, falls er meine Meinung nicht immer teilen kann, diese einfach ignorieren und dies dem unerfahrenen »Denker von damals« nachsehen.

<u>P.S.</u> Auch wenn sich meine Denkweise seither verständlicherweise weiter entwickelt hat, so sind doch die Denkergebnisse die gleichen geblieben wie damals.

Vorwort

Wenn der Rabbiner ein Vorwort verfaßt, so wird er sicherlich die Tora ins Spiel bringen. Mit besonderen und tiefen Gefühlen tue ich es, da Herr Jan Jakubowski mit diesem Toraabschnitt (Schabbat Ki Tawo 5760), den wir für diesen Schabbat vortragen, gleichzeitig die Freude der Brit Mila seines dritten Enkelkindes feiert. Als besondere Gabe auch für diesen erfreulichen Anlaß gehören jene Memoiren, durch die der Autor die Vergangenheit zu vergegenwärtigen versucht.

Mir scheint, daß die Tora insbesondere gegen Ende des fünften Buches angstvoll gegen das kollektive »Vergessen« der Israeliten ankämpfen will. Sie will damit jene Passivität, Gleichgültigkeit oder Trägheit bekämpfen, die das Wissen über die Vergangenheit den Nachgeborenen zu überliefern versäumt.

Fast wie ein roter Faden zieht sich durch die Kette der Traditionen der Israeliten das Bangen um das Fortleben der Tora, der Erinnerung…

Dies empfand ich auch bei der Lektüre der Memoiren von Herrn Jakubowski, der anhand der Erinnerungen an seine ermordete Familie die Kontinuität des Gedenkens für die junge Generation ermöglichen will.

Ich wünsche dem Werk aufmerksame und nachdenkliche Leser, die in der Lage sein mögen, das Vergangene zu verinnerlichen.

DR. JOEL BERGER
Landesrabinner der Israelitischen Religionsgemeinschaft Württembergs

Geleitwort

Die Auseinandersetzung mit dem Holocaust ist eine wesentliche und bleibende Aufgabe in der Auseinandersetzung mit der Vergangenheit und zur Gestaltung der Zukunft. In allen Schularten in Baden-Württemberg besitzt dieses Thema deshalb besondere Bedeutung.

Geschichte betrifft uns. Dieses Gefühl der »Betroffenheit« zu vermitteln, ist ein wichtiges und zugleich eines der am schwierigsten zu erreichenden Ziele eines überzeugenden Unterrichts. Die persönliche Auseinandersetzung mit dem in der Vergangenheit liegenden, wenn auch keineswegs abgeschlossenen Geschehen ist ausgesprochen schwierig und dennoch ein Schlüssel zum Verstehen der Gegenwart.

Die vorliegenden Lebenserinnerungen von Jan Jakubowski sind ein solcher »Schlüssel«. Diese beeindruckende Lebensgeschichte zeigt am Schicksal weniger Menschen besonders eindringlich Hoffnung und Verzweiflung, Angst und Zuversicht, Möglichkeiten und Ohnmacht der Menschen, die in die Verfolgungs- und Vernichtungsmaschinerie des Nationalsozialismus gerieten.

Das Buch ist als persönliche Lebenserinnerung geschrieben und zugleich ein bedeutendes Zeugnis der Zeitgeschichte. Es ist zudem ein Zeugnis für eine trotz aller Widerwärtigkeiten zutiefst humanistische Lebenseinstellung des Autors, die ihre Wurzeln im Glauben hat. Der eigene Überlebenswille kann letztlich nicht auskommen ohne das feste Vertrauen auf Gott.

Diese Lebenseinstellung kann zum Vorbild für junge Menschen werden. Deshalb sollte dieses Buch einen Platz im Unterricht an unseren Schulen erhalten.

DR. ANNETTE SCHAVAN
Ministerin für Kultus, Jugend und Sport des Landes Baden-Württemberg

Die Vorfahren

Mütterlicherseits

Die erste Erwähnung des Namens Diamant, der Geburtsname meiner Mutter, fand ich im Gedenkbuch an die Strzyzower Juden unter dem Titel »Strzyzow und Umgebung«, das in den 50er Jahren in Israel von zwei Hauptverfassern, Isaac Berglas und Schlomo Diamant (Jahalomi), niedergeschrieben wurde. Schlomo Diamant, mein Großcousin, konnte sein umfangreiches Wissen, da selbst Abkömmling der Familie, in hohem Maße einbringen. Nur ihm ist es zu verdanken, dass ich über unsere Vorfahren bis zur fünften Generation Einzelheiten erfahren konnte.

Um 1790 wanderten mehrere jüdische Familien aus dem Reich Maria-Theresias nach West-Galizien aus (vor der Teilung Polens im Jahre 1772 war es polnisches Gebiet gewesen) und siedelten in verschiedenen Orten, in denen schon seit Jahrhunderten Juden lebten. Mein Ururgroßvater Leibisch Diamant ließ sich mit seiner Frau und vier Söhnen in Dobrzechow nieder, einem Dorf in unmittelbarer Nähe des Städtchens Strzyzow, in dem bereits zu jener Zeit die jüdischen Einwohner in der Mehrheit waren. Wie damals üblich, wurde den Landjuden der Name ihres Dorfes, in dem sie lebten, verpaßt, so dass mit der Zeit der Name des Dorfes zu ihrem Hauptnachnamen wurde. Dieser Name blieb ihnen bis heute.

Nach einigen Jahren Aufenthalt in diesem Dorf begab sich mein Ururgroßvater Leibisch Dobrzechower (Diamant) zu einem verwandten Rabbiner, Rabbi Schlomo Zalman Frenkel, in das etwa 20 Kilometer entfernte Städtchen Wielopole, um sich für die Lebensgestaltung seiner vier Söhne Rat zu holen. Rabbi Frenkel hat meinem Ururgroßvater folgendes geraten:

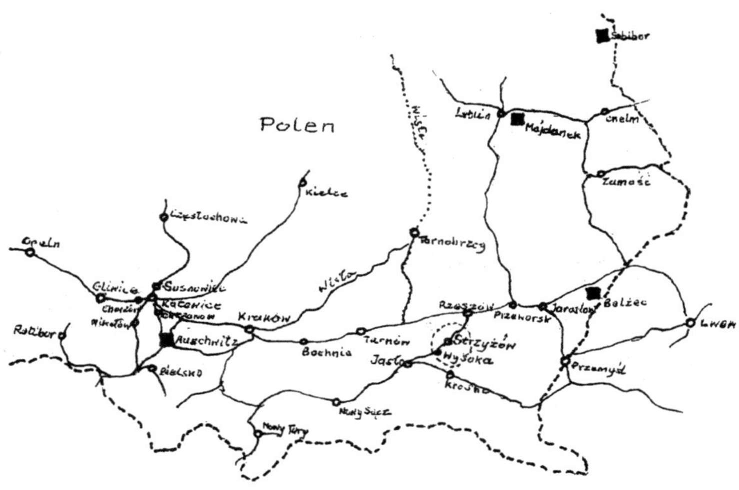

Landkarten-Ausschnitt mit den Wohnorten
der Vorfahren. (Abb. 1)

»Es sind jetzt Zeiten, da viele Juden aus den Städten in die Dörfer gehen, Ware an die Bauern vertreiben und von den Bauern deren Produkte kaufen. Es ist daher notwendig, dass in jedem Dorf mindestens ein jüdisches Haus vorhanden ist, das der städtische Jude betreten, wo er beten, essen und manchmal auch übernachten kann. Jeder der vier Söhne soll sich in einem anderen Dorf niederlassen und es als Mizwa (Gebot) der Gemilut Chassadim (Wohltätigkeit) betrachten«.

Die vier Brüder Diamant – Jakow (Jekel), Abraham, Mosche und Akiba – sind dem Ratschlag des Rabbiners Frenkel gefolgt, und jeder wählte ein Dorf, wo er sich als einziger Jude eine Existenz aufbaute. Bis zum heutigen Tage sind sie unter dem Namen ihrer Dörfer im Gedächtnis der dortigen Bevölkerung geblieben: Jekel Wysokier, Abram Strongower, Mosche Rizniker, Akiba Kozlower. (siehe Abb. 1)

Der Älteste, Jekel Wysokier, hat eine Mühle und später auch ein Sägewerk errichtet, beide von einer einzigen monströsen Dampfmaschine betrieben. Die anderen drei Brüder kauften oder pachteten Ackerland und betrieben ähnlich wie ihre christlichen Nachbarn eine regelrechte Landwirtschaft mit Vieh- und Hühnerzucht. Und alle erfüllten ihre auferlegte Pflicht: ein »Heim« für den wandernden Stadtjuden zu sein.

Jekel Wysokier, mein Urgroßvater, hatte acht Kinder: fünf Söhne – Schlomo Zalman, Schmaja, Baruch, Leibisch, Mosche – und drei Töchter – Sara, Malka und Chaja.

Der Älteste, Schlomo Zalman – mein Großvater –, setzte die Tradition fort und blieb in Wysoka. Seine Brüder Schmaja, Leibisch und Mosche ließen sich in Nachbardörfern nieder.

Der Bruder Baruch Diamant zog nach Strzyzow, wo er seinen Uhrmacherberuf ausübte und später viele Jahre »Gabei« (Synagogenvorsteher) der dortigen Synagoge war.

Von den Schwestern Sara und Chaja ist lediglich bekannt, dass sie nach weit entlegenen Orten geheiratet haben. Die Schwester Malka heiratete einen Strzyzower.

Schlomo Zalman Wysokier, mein Großvater, hatte ebenfalls acht Kinder: sechs Söhne – Jakob, Leibisch (Leo), Menachem Mendel, Akiba, Josef, Abraham – sowie zwei Töchter – Necha (Natalia) und Rosa. (Abb. 2) Das älteste Kind war meine Mutter Necha. (Abb. 3)

Familie der Großeltern vor der Rückfront ihres Hauses in WYSOKA. Von links nach rechts: Mutter Natalia, Großmut-ter Rachel, Onkel Mendel, Onkel Abraham, Onkel Akiba, Großvater Salomon, Onkel Joseph, Tante Rosa. (Abb. 2)

Meine Mutter im Mädchenalter. (Abb. 3)

Meine Eltern, Natalia und Joseph. (Abb. 4)

Väterlicherseits

Über den väterlichen Zweig des Stammbaumes besitze ich nur spärliche Informationen.

Durch die Scheidung meiner Eltern nach fünf Jahren Ehe habe ich nicht einmal das Gesicht meines leiblichen Vaters im Gedächtnis behalten, geschweige denn irgendwelche seiner Verwandten.

Das einzige Bild meines Vaters habe ich bei meinem Onkel Jakob in Israel gefunden, der bis 1934 in Berlin lebte. Das Foto zeigt meine Mutter und meinen Vater zusammen in einer Pose, wie sie damals für Verlobte oder frisch Vermählte üblich war. (Abb. 4)

Die Heimat

Das Dorf – Kinderjahre

Obwohl in meiner Geburtsurkunde Krakau als Geburtsort steht, fühlte ich mich in meiner Jugend als Kind Wysokas, das etwa auf halbem Wege zwischen Krakau und Lemberg liegt. Dieses Dorf war meine wirkliche Heimat. Denn dort lebten meine Großeltern mütterlicherseits, Schlomo Zalman Wysokier und Chana-Rachel, von den einheimischen Bauern Salomon und Salomonowa genannt.

Dort sind meine Mutter Natalia und ihre sechs Brüder sowie ihre einzige Schwester Rosa zur Welt gekommen.

Zu Beginn betrieben die Großeltern eine kleine Landwirtschaft mit sechs Morgen Land, zwei Kühen und dem üblichen Federvieh. Alles war für den Eigenverbrauch bestimmt.

Verständlicherweise konnten die heranwachsenden Kinder aufgrund ihrer Mithilfe in Haus, Stall und auf dem Felde, worauf die Eltern angewiesen waren, aber auch wegen der Abgeschiedenheit nicht im vollem Maße die gebotenen und notwendigen Schulen besuchen. Die Lösung in solchen Fällen war die Einstellung eines Hauslehrers, der, wenn mehrere Kinder in einem Hause zu unterrichten waren, auch selbst im Hause wohnte. Insbesondere für den Religions- und Hebräischunterricht wurde ein Lehrer ins Großelternhaus geholt, um die vier jüngsten Geschwister meiner Mutter zu unterrichten. Dieser Lehrer, ein junger Mann aus dem Städtchen Zloczow bei Lemberg, Josef Großkopf, wurde mein Vater.

Nach der Heirat blieben meine Eltern im Hause meiner Großeltern wohnen. Das Zusammenleben dieser zwei Familien unter einem Dach war offensichtlich nicht problemlos, denn nach fünf Jahren ließen sich meine Eltern scheiden. Ich, das einzige Kind, blieb als Dreijähriger bei meiner Mutter im Hause der Großeltern.

Im Alter von vier Jahren wurde ich in einen »Cheder« (eine jüdische Elementarschule, die für Jungen bereits im Vorschulalter vorgesehen war) im vier Kilometer entfernten Städtchen Strzyzow eingeschult. Die Woche über wohnte ich nun bei meiner Großtante Malka Hauben (s. Kap. 1, Die Vorfahren) in Strzyzow. An Schabbat und zu den jüdischen Feiertagen holte man mich wieder nach Wysoka. Wochentags verbrachte ich meine Tage im Cheder, einem Raum im Gebäude der Synagoge. Ich kann mich nur noch an den Lehrer, den Melamed, erinnern und an Kinder, die an einem etwa drei Meter langen Tisch Platz hatten. Wir haben dort gelernt, hebräische Buchstaben und Zeichen zu erkennen und zu lesen, aber nicht zu schreiben. (Abb. 5)

Aus dieser Zeit sind mir zwei Episoden im Gedächtnis geblieben: Die eine betrifft eine Feier zu Hause, bei der mehr Leute als sonst versammelt waren und ich im Mittelpunkt stand, weil ich etwas vorzulesen hatte, wohl eine Seite aus einem Buch. Es wurde getrunken und gelbe gesalzene Erbsen dazu gegessen. Das muss wohl eine private Feier zum Abschluss der ersten Chederstufe gewesen sein.

Die zweite Begebenheit, an die ich mich erinnere, fand während einer Pause im Unterricht statt, die die Kinder auf dem Vorplatz der Synagoge zu verbringen pflegten, um zu spielen oder eine Mahlzeit einzunehmen. Der Vorplatz der Synagoge war nur durch einen Gitterzaun vom Marktplatz der Stadt getrennt. Ich spielte gerade mit einem Ball in der Nähe des Zaunes, als ein schwarzes Automobil mit zwei Männern vor dem Zaun anhielt. Einer von ihnen rief mich zu sich und fragte mich, ob ich Lubek heiße. Als ich seine Frage bejahte, sagte er: »Ich soll dir diese Tafel Schokolade von deinem Onkel Mendel geben.«

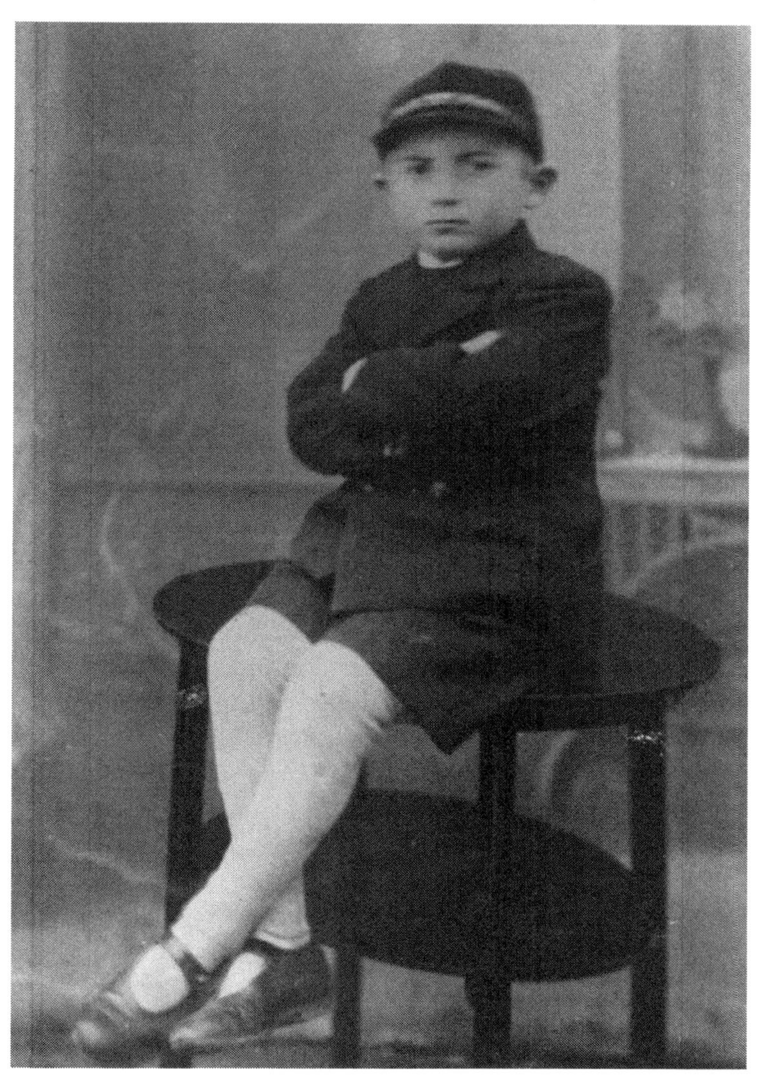

Ich als Chederjunge. (Abb. 5)

Als ich die Gabe durch den Zaun entgegen nahm, war auch gerade meine Großtante zugegen, denn sie hatte mir etwas zu essen gebracht. Darauf fuhren die Männer ohne ein weiteres Wort wieder weg. Ich war natürlich glücklich: zum einen war ich – ein allererstes Mal! – Besitzer einer ganzen Tafel Schokolade geworden; zum anderen war ich auf spektakuläre Weise – durch ein Automobil, das äußerst selten in den Straßen der Stadt zu sehen war – vor allen Kindern herausgehoben worden.

Dieses Bild – das schwarze Automobil hinter dem Zaun, der fremde Mann und die große Tafel Schokolade – hat sich in mein Gedächtnis regelrecht eingebrannt. Erst heute, Jahre später, bezweifle ich seine Zuverlässigkeit. Ob der Absender nicht mein Vater Joseph war, ob der Mann gar mein Vater selbst war? Heute lässt sich natürlich vieles anders zusammenreimen.

Die Feiertage und ihre Vorbereitungen interessierten mich als Kind besonders, und natürlich auch die Sabbattage selbst. Trotz des damit verbundenen Rummels sind es sehr angenehme Erinnerungen, verbunden mit freudigen Erwartungen. So zum Beispiel am Pessach-Fest, an dem es ein spezielles Tafelgeschirr gab. Hatte ich doch eine eigene Tasse mit einem Muster, an dem ich mich nicht satt sehen konnte. Eine Katze war da abgebildet, die auf einem Dachgiebel spazierte und den Vollmond betrachtete. Aus dieser Tasse schmeckte alles am besten.[1]

Nicht weniger erregend war der Sabbat. Hier muss ich einfügen, dass meine Großeltern neben der kleinen Landwirtschaft einen Kolonialwarenladen führten: Am anderen Ende des Wohnhauses hatten sie einen Raum dafür hergerichtet. Es war der einzige Kolonialwarenladen im Dorf. Er wurde hauptsächlich von meiner Mutter betrieben.

---

[1] Ein Teil der Erklärung ergibt sich aus der weiteren Analyse der ersten Schuljahre.

Samstags und sonntags war dieser Laden geschlossen. Da aber der Sabbat am Freitag vor Sonnenuntergang beginnt und am Samstag nach Sonnenuntergang endet, wartete am Samstagabend eine Schlange mit Bäuerinnen und Bauern vor dem Laden und hielt vor dem noch geschlossenen Eingang Ausschau nach den ersten drei Sternen am Himmel. Denn sie wussten, dass dann Sabbatende war. Salomon machte zu Hause die Hawdala (die Unterscheidung zwischen Sabbat und Wochentag) und kam anschließend heraus, um den Laden zu öffnen. Ich wiederum war oft mit den Wartenden draußen und half den dritten Stern, der das Sabbatende ankündigte, am Himmel ausfindig zu machen.

Kurz vor meiner Einschulung im Alter von sechs Jahren zog meine Mutter mit mir nach Kattowitz (Katowice), wo sich bereits zwei ihrer Brüder, Leibisch (Leo) und Mendel, niedergelassen hatten. Onkel Jakob war noch vor meiner Geburt nach Berlin ausgewandert, wo er sich eine Existenz aufgebaut und eine Familie gegründet hatte. Bei den Großeltern blieben Tante Rosa und ihre drei Brüder Akiba, Abraham und Josef zurück.

Die Stadt – Schuljahre

In Kattowitz besuchte ich zunächst neben der polnischen Volksschule noch die jüdische Schule, den Cheder; später die jüdische Schule »Berka Joselewicza« und parallel dazu die Talmud-Tora-Schule der jüdischen Gemeinde. Erst aus heutiger Sicht wird mir bewusst, wie sehr sich meine Entwicklung als Kind von derjenigen anderer unterschieden haben muss. Heute sehe ich vor allem drei wichtige Faktoren, die meine Erziehung und Entwicklung in besonderer Weise beeinflusst haben:

Da ist erstens die fehlende Vaterbeziehung, von mir damals nicht wahrgenommen. Sie bewirkte, dass meine Mutter gezwungenermaßen auch die Vaterrolle übernahm, der sie – bei aller Liebe – nur zum Teil gerecht werden konnte.

Zweitens verbrachte ich als einziger Enkel meine Kinderjahre im Hause der Großeltern und blieb einsam, ohne Anschluss an andere Kinder. Auch das wurde von mir damals nicht wahrgenommen. Mein Spielgerät bestand aus einem Schaukelpferd und einer Spielzeuggeige mit vier gleich dünnen Saiten. Meine Spielgenossen waren unsere Hauskatze und ab und zu eine Feldmaus, die ich der Katze noch rechtzeitig entreißen konnte.

Ich glaube, dass mein fehlendes Bedürfnis nach gleichaltriger Gesellschaft auch in späteren Jahren darauf zurückzuführen ist.

Der dritte Punkt betrifft die Erziehung in einem streng religiösen Haus. Normalerweise ist ein Kind im Vorschul- oder Cheder-Alter dadurch kaum betroffen, wenn nicht noch zusätzliche Umstände eintreten. Diese waren insofern gegeben, als ich aus übertriebener Angst vor dem Übertreten des Gebotes »Du sollst dir kein Bildnis machen…« nie angehalten wurde, mit Papier und Bleistift umzugehen. Nur so kann ich mir die Tatsache erklären, mich nicht erinnern zu können, im Großelternhaus je gezeichnet und gemalt zu haben oder auch nur Bilder betrachtet zu haben. Auch waren mir bis zur Einschulung Bilderbücher völlig unbekannt. Heutzutage wäre so etwas undenkbar.

Im Zusammenhang mit den vorliegenden Aufzeichnungen (und nur sie haben mir über mich selbst neuen Aufschluß gegeben) erinnerte ich mich auch wieder daran, dass die Lehrer bereits im ersten Schuljahr bei mir eine Begabung für künstlerisches Gestalten bemerkten.

Es begann mit kalligraphischen Blättern, die der Klasse als Vorzeigeschrift dienten; auch wurden alle meine Zeichnungen von den Lehrern hervorgehoben. In den ersten Schuljahren standen in meinen Zeugnissen rauf und runter lauter »Sehr gut«; dem wurde jedoch zu Hause keine besondere Beachtung geschenkt. Auch ich hielt das offensichtlich für ganz selbstverständlich und glaubte, jeder Schüler könne das Gleiche zustande bringen, wenn er nur wolle.

Da ich also mit Lob und Anerkennung nicht verwöhnt wurde und die Besonderheit meiner Leistungen selbst gar nicht wahrgenommen habe, bin ich auch nicht übermütig geworden. Da ich sonst ein gehorsames und ruhiges Kind gewesen sein muss, kannte ich andererseits auch keine Strafen.

Vier Jahre wohnten wir bereits in Kattowitz, als meine Mutter zum zweiten Mal heiratete. Pinkas Schwarz war Witwer und ein orthodoxer Mann, Sohn eines Rabbiners aus Zloty Potok, einem jüdischen Städtchen in Galizien, und chassidischer Anhänger des Czortkower Rebbe (mystisch gestimmte religiöse Bewegung im Judentum). Pinkas hatte selbst fünf Kinder: Mannes, Herman, Ita, Aaron. Bei der Geburt des fünften Kindes, Josef, war seine Frau gestorben.

Laut Heiratsvertrag sollte mein Stiefvater mit seinen zwei jüngsten Kindern, dem fünfjährigen Aaron und dem dreijährigen Josef, bei meiner Mutter einziehen. Herman, in meinem Alter, und die zwei Jahre jüngere Ita sollten bei der Großmutter mütterlicherseits in Kattowitz bleiben, der älteste, Mannes, bei seinem Großvater, dem Rabbiner.

Wir bewohnten eine Zweizimmer-Wohnung. Als die Familie wuchs, wurde in der Küche eine zusätzliche Schlafstelle eingerichtet. Es verging kein Jahr, bis auch Ita und

Herman bei uns einzogen, so dass in dieser kleinen Wohnung sieben Personen lebten. Ein Jahr später kam noch unsere gemeinsame Schwester Hinia zur Welt.

Mit meinem gleichaltrigen Stiefbruder Herman verstand ich mich sehr gut. Wir gingen in dieselbe Klasse und teilten uns einen Job, den wir zur Unterstützung der Familienkasse versahen. Er bestand im Austragen des jüdischen »Tagblatts«. Jeder von uns hatte sein Revier. Jeden Morgen vor der Schule stellten wir den Abonnenten die Zeitung zu und kassierten einmal im Monat die Gebühren.

Bei dieser Tätigkeit wurde ich zum ersten Mal mit dem Antisemitismus (eigentlich mit dem Antijudaismus) konfrontiert. Die meisten Abonnenten wohnten verstreut unter christlichen Nachbarn. Mein Weg dorthin führte an christlichen Jugendlichen vorbei, die den Juden gegenüber generell sehr feindlich eingestellt waren. So war ich bei meinen Touren oft Verfolgungen ausgesetzt, die mitunter zu Schlägereien führten. Meist musste ich der Übermacht weichen. Meinem Stiefbruder erging es nicht anders. Bei den ersten Auseinandersetzungen dieser Art waren mir die Gründe der Verfolgung nicht einmal bekannt. Irgendwann wurde ich aber von unseren Peinigern durch die Beschimpfung »Christus-Mörder« aufgeklärt. Als ich zu Hause den Kommentar zu meinem Bericht vernahm und dabei zum ersten Mal bewusst den Namen Jesus hörte, konnte ich fortan nicht mehr unbefangen an einer Kirche oder Kruzifixen vorbeigehen und schaute immer auf sein leidendes Gesicht. Das Gefühl aber, das mich dabei befiel, verstand ich erst viel später, kurz vor Kriegsende.

Eine wichtige moralische und nationale Schulung war für mich und andere junge Juden die Zugehörigkeit zur zionistischen Organisation »Akiba«. Sie vertrat das Pro-

*Gruppe in der Organisation »Akiba«, der ich angehörte,
mit Stiefbruder Herman (Mitte). (Abb. 6)*

gramm des Zionismus und legte großen Wert auf jüdische
Tradition und Lehre. Dort haben wir unser Selbstbewusst-
sein gestärkt, uns selbst zu verteidigen gelernt und Pläne
für ein Leben in Erez (Palästina) geschmiedet. (Abb. 6)

Wir haben uns auch die Lebensdevise Rabbi Hillels »Im
ein ani li mi li…« eingeprägt, die mir mit der Zeit in Fleisch
und Blut überging, und zwar alle drei Teile. (Abb. 7)

Neben der Prägung durch die zionistischen Organisa-
tionen war da noch die viel wichtigere häusliche und
allgegenwärtige orthodoxe religiöse Erziehung. Da ich es
nicht anders kannte, war für mich diese Lebensweise ganz
selbstverständlich – auch dass man jüdische Gebräuche

Hillel spricht:

אִם אֵין אֲנִי לִי מִי לִי,

(Im ein ani li mi li,)
Wenn ich nicht für mich bin, wer ist für mich ?

וּכְשֶׁאֲנִי לְעַצְמִי מָה אֲנִי,

(w-kscheani l-atzmi, ma ani,)
und wenn ich für mich allein bin, was bin ich ?

וְאִם לֹא עַכְשָׁו אֵימָתַי :

(w-im lo achschaw ejmatai :)
und wenn nicht jetzt, wann denn ?

Der Spruch von Hillel. (Abb. 7)

erfüllte, zu bestimmten Zeiten Gebete sprach, etwa vor dem Zubettgehen, oder einen Segen fürs Brot; dass ein Junge ab 13 Jahren zum Frühgebet die Philakterien Tefilin[2] anzog, Zizit[3] trug; dass man Sabbat einhielt, indem man Verbotenes und Erlaubtes kannte, ohne sich darüber zu wundern. Die jüdischen Gesetze waren mir einfach verständlich. Hätte mich damals jemand mit der Bemerkung konfrontiert »Du hältst es aber streng, du hast es sicherlich schwer zu Hause!«, wäre meine Antwort sehr verwundert ausgefallen. Davon merkte ich nichts, mir gefiel es so.

---

[2] Gebetsriemen: Zwei schwarze Lederkapseln, die auf Pergament geschriebene Schriftverse enthalten.
[3] Schaufäden an vier Zipfeln eines Gewands.

Meist schloss sich ein Kreis orthodoxer Juden zusammen. Sie stammten aus verschiedenen Gegenden Galiziens. Sehr oft waren es Chassidim (Anhänger einer religiösen Bewegung, derer Ziel und Zweck es war, die inneren Fundamente des Glaubens zu stärken, vor allem durch die Bemühung, jede religiöse Handlung mit Sinn zu erfüllen und den entseelten Riten ihren Lebensodem wiederzugeben) und Anhänger bekannter Rebbes (chassidischer Führer). Ihre Anzahl war aber zu gering, um eigenständige Gebetshäuser, »Stieblech« genannt, errichten zu können, wie das bei den vielen Gerer- oder Radomskier-Chassidim der Fall war. So mieteten sie im Hinterhof eines jüdischen Hauses zwei Räume und machten daraus ein »Stiebel«.

In so ein Stiebel pflegte auch meine Familie am Sabbat und an den jüdischen Feiertagen zu gehen. Wir Jungen taten es aber nur dann, wenn wir nicht gerade von der Talmud-Tora-Schule aus verpflichtet waren, in die große Synagoge zu kommen. Wie ich es heute sehe, war das Stiebel arm. Ich kann mich nicht an einen festen und bezahlten Vorbeter erinnern. Es gab aber unter den Mitgliedern immer einen, der vorbetete. Mein Stiefvater war ein hervorragender Vorbeter mit einer guten und starken Stimme. An den hohen Feiertagen hat er fast immer die anstrengendsten Passagen der Gebete übernommen. Ich war sehr stolz darauf und durfte auch wegen meiner guten hohen Stimme neben ihm stehen und ihn stimmlich unterstützen. Diese Tradition hat mich und besonders meinen Stiefbruder stark geprägt, wie sich später zeigen sollte.

Politisch gesehen gehörten fast alle Mitglieder dieses Stiebels zu der Organisation »Agudat Israel« (hebr. für »Vereinigung Israels«), einer streng religiösen Organisation, die 1912 zufälligerweise in Kattowitz gegründet worden war. Sie hatte zunächst zum Ziel, alle orthodoxen

Gruppen aus Ost und West, in Deutschland, Ungarn und Polen, gegen den Zionismus zu vereinen – und zwar aus Angst vor der Säkularisierung. Später reduzierte sich diese Einstellung darauf, eine Säkularisierung zu verhindern.

Die Schulferien verbrachte ich immer bei meinen Großeltern in Wysoka. Von einem Ferienaufenthalt zum anderen wurde mir klarer, welch andere Welt im Vergleich zu Kattowitz das Dorf war, in dem ich meine ersten Kinderjahre verbracht hatte.

Die Natur, die Tiere, die Feldmaus, die ich vor dem Zugriff der Hauskatze rettete, waren meine Freunde. Ich konnte es schon als Kind nicht ertragen, dass eine Katze die unschuldige Maus fraß; sie bekam doch von uns Milch und andere Speisen, die auch wir aßen. Ich fand das höchst ungerecht. Auch ein anderes Ereignis stimmte mich nachdenklich – die von jeder Zimmerdecke herunter hängenden Fliegenfänger. Die schmalen durchsichtigen Leimruten, auf beiden Seiten mit honigfarbenem Klebstoff überzogen, bildeten tödliche Fallen für jedes Tier, das daran kleben blieb. Zwar waren mir Fliegen manchmal auch lästig, aber sie taten mir trotzdem Leid, und ich konnte den Todesqualen der festklebenden Tiere einfach nicht zusehen. Manchmal ist so eine Fliege heruntergefallen, aber sie war dann schon so verklebt, dass ich ihr nicht mehr helfen konnte.

Auf dem Dorf fühlte ich mich frei, obwohl ich auch Pflichten hatte. Auf einer entlegenen Wiese waren die zwei Kühe der Großeltern zu hüten und das zahlreiche Federvieh war zu versorgen. Am liebsten hatte ich es, wenn im nahe gelegenen Wäldchen Erdbeeren und Pilze zu sammeln waren, die, von meiner Großmutter zubereitet, einen unvergesslichen Gaumengenuss abgaben. Auf den Besuch dieses geliebten Wäldchens musste ich immer ein Jahr lang bis zu den nächsten Schulferien warten.

Unvergesslich auch die Sabbat- und Feiertage. Im Nachbardorf bewirtschaftete eine verwandte Familie namens Golzer ein Gut, nach dem Besitzer »Golzuwka« genannt. Sie besaßen eine Tora-Rolle und richteten in ihrem Hause eine Gebetsstube ein. Dorthin pflegten wir fast jeden Sabbat und Feiertag frühmorgens etwa zwei Kilometer weit zu gehen, um den Tag zu heiligen.

Wir bekamen auch fast immer einen Minjan zusammen, also die Mindestzahl von zehn männlichen Teilnehmern, die für einen öffentlichen Gottesdienst erforderlich sind. Diese Besuche auf Golzuwka hatten auch schon in den früheren Jahren stattgefunden, nur war ich damals – als Kind – noch nicht immer mitgenommen worden.

Eine wichtige Bezugsperson, sie kam gleich nach meiner Mutter, war für mich ihr Bruder. Onkel Mendel wohnte, wie schon erwähnt, auch in Kattowitz. Ihm allein hatte ich es zu verdanken, wenn ich ein Kino besuchen durfte oder mir eine Jugendzeitschrift leisten konnte, denn er war meine Taschengeldquelle.

Aber auch meinem Stiefvater habe ich einiges zu verdanken: die Einführung in die religiösen Pflichten und die chassidische Erziehung. Was das bedeutet und welche dauerhafte Wirkung eine solche Erziehung haben kann, lässt sich wahrscheinlich nur von jemandem beurteilen, der sie selbst genossen hat.

Mit dem Jahr 1933 begann sich auch im polnischen Oberschlesien der Himmel für Juden zu verfinstern. Es lag Krieg in der Luft. Als Junge, den die Schule noch voll ausfüllte, habe ich die Lage nicht so recht verstanden. Und doch konnte ich Gegebenes oder Geschichtliches oft besser als andere in meinem Alter erklären oder interpretieren. Diese Feststellung stammt von meinem Schuldirektor, der uns in Geschichte unterrichtete. Merkwürdigerweise gefiel ihm meine Interpretation von Texten aus der

Geschichte oder der damaligen Staatsverfassung, die auch zum Lehrplan gehörte, besser als die der anderen Schüler.

Oft musste ich bei nicht zufriedenstellenden Antworten meiner Mitschüler für diese einspringen. So wie ich die Texte verstand, war mir unerklärlich, weshalb die anderen sie nicht auch verstanden. Diesem Umstand und diesem Schuldirektor habe ich mein Interesse an der Philosophie zu verdanken, ohne damals auch nur entfernt eine Ahnung von diesem Gebiet gehabt zu haben.

Am letzten Schultag des siebten Schuljahres stand der Schuldirektor vor dem Ausgang und verabschiedete sich von jedem Schüler. Die meisten schlossen nämlich, zumindest vorläufig, ihre Ausbildung ab; die wenigsten wechselten auf eine weiterführende Schule. Diese Fälle waren dem Direktor natürlich genau bekannt. Als ich an der Reihe war, nahm er mich zur Seite und fragte mich, ob ich irgendwelche Pläne für eine Weiterbildung hätte. Als ich mit Ratlosigkeit reagierte, wirkte er ziemlich besorgt. »Hör mal«, sagte er, »wir haben die Möglichkeit, bestimmten Schülern materiell zu helfen, damit sie studieren können. Wenn es also nur das wäre, brauchst du dir keine Sorgen zu machen. Sage dies deinen Eltern, denn es wäre schade.«

Ich habe damals nur genickt. Am liebsten hätte ich mich gleich unter seine Fittiche begeben. Was er aber nicht wissen konnte, war, dass da noch ein zweites Problem war: die nur schwer zu verhindernde Kollision mit dem Sabbat-Gesetz, welches von den wichtigsten nicht-jüdischen Gymnasien und Mittelschulen natürlich ignoriert wurde. Aber bei uns zu Hause war der Sabbat das A und O. Onkel Mendel hatte sich schon vorher, ohne dass ich davon wusste, bereit erklärt, die Kosten für meine Weiterbildung zu übernehmen. Doch das Sabbatproblem war das größere Hindernis.

Es begannen Zeiten der Flickschusterei, was meine Weiterbildung betraf: Es gab kurze Versuche an einem Gymnasium, gefolgt von privatem Unterricht bei einem Mathematik-, Physik- und Chemielehrer dieses Gymnasiums, Prof. Tylek, der mich sehr sorgfältig auf externe Prüfungen vorbereitete. Sogar im Bereich der Talmud-Tora wurde ich von einem Privatlehrer unterrichtet.

Merkwürdigerweise begann der Talmud-Lehrer mit dem Buch »Naschim« (hebr.: Frauen), der »Gemara« (der ergänzende Teil des Talmuds) und »Gitin« (Scheidungsgesetze). Ich kann es mir bis heute nicht erklären, was der Grund war, mit einem etwa 13jährigen Schüler, der noch keine Ahnung vom Eheleben hatte, diese Themen zu behandeln.

Auch bei dieser Art von Ausbildung spielte die zionistische Organisation eine große Rolle. Zusätzlich zu den erwähnten Aufgaben der ersten Jahre bildete sie für mich immer mehr eine Plattform für philosophische Diskussionen auch allgemeiner Art. Meine einzige freie Beschäftigung war Lesen. Obwohl ich Karl May und andere Abenteuergeschichten gern gelesen habe, hatte ich doch ein noch größeres Vergnügen an mancher Schullektüre. Es waren weniger die Geschichten selbst als die Struktur der Texte, die Wortgefechte der Helden, ihre Argumentationen, was mich fesselte. Wahrscheinlich schon ein wenig vom Talmud geprägt, suchte ich unbewusst auch in der weltlichen Literatur nach logischen Erklärungen und Wahrheiten zu verschiedenen Lebensbereichen.

Eine meiner gedanklichen Entdeckungen stimmte mich für lange Zeit recht traurig. Ich stellte nämlich an vielen Beispielen aus der klassischen wie auch der trivialen Literatur fest, dass, was ein Mensch auch immer behaupten oder welche Wahrheit er verkünden mag, von einem anderen immer widerlegt werden kann und so fort bis ins

Unendliche. Ich wusste damals natürlich noch nicht, dass ich damit das heißeste Eisen der Philosophie angefasst hatte: das Problem der »absoluten Wahrheit«. Erst Jahre später erfuhr ich, was schon die Philosophen des Mittelalters festgestellt haben: »Nichts ist absolut wahr, und selbst das ist nicht absolut wahr.«

Erst später begriff ich, dass man mit vielen relativen Wahrheiten leben kann und leben muss. Meinem Wunsch, Philosophie zu studieren, gaben solche Gedankenspiele mächtig Auftrieb, und in meinen Träumen sah ich mich bereits als Student der Krakauer Universität.

Kriegsjahre

Kriegserwartung

Eigentlich hat der Krieg für uns Juden in Polen schon viel früher begonnen – wenn man es bei der unzutreffenden Bezeichnung »Krieg« belässt. Denn es gab nicht nur den Terror von Seiten Jugendlicher mit Billigung der Erwachsenen, sondern unter der gesamten polnischen Bevölkerung breitete sich der Antijudaismus aus.

Die nationalistischen Parteien wuchsen und wuchsen. Aber anders als im Deutschland des »Dritten Reiches« lag das Übergewicht der Ressentiments bei den Polen im religiösen Bereich. Nicht von ungefähr wurden nach der deutschen Besetzung die Vernichtungslager gerade in Polen eingerichtet: Die Nazis wussten, dass sie diesbezüglich von Seiten der Bevölkerung keine großen Schwierigkeiten zu erwarten hatten. Dennoch war die Angst der polnischen Juden vor den Deutschen größer. Eine Kostprobe erhielten wir Kattowitzer bereits 1938 in Form der aus Deutschland ausgesiedelten Juden, die unsere kleine Gemeinde überschwemmten. Davon waren alle betroffen, denn die jüdische Bevölkerung musste die Vertriebenen mit Unterkunft und Lebensmitteln versorgen. Ein jeder hatte sich daran beteiligt, so gut er konnte und manchmal auch mehr als er konnte.

Kriegsausbruch

Wir ahnten also, dass uns nichts Gutes erwartete, wenn die Deutschen einmarschieren. So flüchteten wir am Tag des Kriegsausbruchs unverzüglich nach Osten, wie die meisten jüdischen Einwohner. Wir sind nicht weit gekommen. Wir landeten in der etwa zehn Kilometer entfernten Nachbarstadt Sosnowitz mit ihren circa 30.000 jüdischen Einwohnern, die hier die Mehrheit bildeten.

Meine Eltern glaubten, in dieser Umgebung sicherer zu sein. Unsere neunköpfige Familie hatte dort bei Bekannten Unterschlupf gefunden, und hier erlebten wir auch den Einmarsch der Wehrmacht.

Mein Onkel Leibisch ist mit seiner Frau und zwei kleinen Töchtern zur gleichen Zeit nach Strzyzow geflüchtet, wo meine verwitwete Großmutter wohnte. Mendel, der andere Onkel, blieb mit seiner Frau und einer kleinen Tochter in Kattowitz.

Die Wehrmacht ist bekanntlich ohne nennenswerten Widerstand bis nach Warschau durchmarschiert, von Oberschlesien ganz zu schweigen. Das hinderte aber die Besatzer nicht, gleich am nächsten Tag als »Begrüßung« dreizehn jüdische Menschen von der Straße und aus den Häusern zu holen, um sie an der Stadtmauer als Geiseln zu erschießen. »Zur Abschreckung«, wie es hieß.

Was in der sogenannten »Kristallnacht« im November 1938 vor sich gegangen war, davon hatten wir damals noch keine genaue Vorstellung. Dieses Geschehen hatte sich ja in den deutschen Städten auf der anderen Seite der Grenze abgespielt.

Nach dem Einmarsch der Wehrmacht in Polen wurde die »Kristallnacht« von den Nazis jedoch sofort und unmissverständlich durch das Anzünden unserer eigenen Synagogen nachgeholt.

Die Kattowitzer Synagoge aus dem Jahr 1900 stellte ein Schmuckstück der Stadt dar und war bis zuletzt immer sehr gut besucht. (Abb. 8) Als ich in der Stadt eine Woche später meinen Onkel besuchte, wollte ich mich selbst von dieser Untat überzeugen. Ich traute meinen Augen nicht, als ich sah, was von dieser schönen, gewaltigen Synagoge mit allem Inventar übrig geblieben war.

Die Synagoge von Kattowitz. (Abb. 8)

Das Bild der brennenden Synagogen beschäftigt mich bis in die Gegenwart. Als ich später die Gurtkoppel der deutschen Soldaten mit der Aufschrift »Gott mit uns« zu Gesicht bekam, musste ich immer wieder an diese Untaten denken. Was für ein Widerspruch! Welch ein Hohn!

Jüdische Männer, die in Kattowitz geblieben waren, wurden nach einigen Wochen aufgerufen, sich zum Arbeitseinsatz zu melden. Mein Onkel Mendel ist dieser Anordnung in gutem Glauben gefolgt. Alle diese Männer, derer man auf diese Weise habhaft wurde, sind in Eisenbahnwaggons verfrachtet und nach Osten bis zur Grenze gebracht worden. Dort wurden sie mit Waffengewalt über die neue sowjetische Westgrenze getrieben, wie wir von einzelnen Rückkehrern später erfahren sollten.

Daraufhin ist auch Mendels Frau mit Tochter nach Sosnowitz gegangen. Dorthin waren bereits viele Kattowitzer Juden vor dem Einmarsch der Deutschen geflüchtet.

Sosnowitz

Wir fanden uns plötzlich – wie die meisten Familien – in einer schlimmen Lage. Ohne Einkommen, ohne Lebensperspektive; alle Pläne zur Weiterbildung waren über den Haufen geworfen worden, und die Jüngsten blieben ganz ohne Schule. Jüdische Betriebe schlossen oder wurden von der Besatzung beschlagnahmt. Obwohl mit uns Kindern nicht darüber gesprochen wurde, haben wir doch vieles mitbekommen oder geahnt. Ich spürte, dass es Zeit war, das Schicksal selbst in die Hand zu nehmen. Das Einzige, was mir damals einfiel, war, mich nach Strzyzow zu meiner Großmutter abzusetzen. Ein kleiner Warentausch sollte mir dabei helfen, das nötige Geld zu verdienen, denn ich war völlig ohne Mittel. Meine Taschengeld-

quelle war ja mit der Vertreibung meines Onkels Mendel
versiegt. Mein Stiefbruder Herman plante Ähnliches, auch
er wollte Sosnowitz verlassen. Ich aber ging als Erster.

Überlebenskampf – Teil 1

Strzyzow

Im November 1939 verließ ich Sosnowitz und schmuggelte mich – den Juden war es damals nicht mehr erlaubt, ohne Erlaubnis von Stadt zu Stadt zu reisen – nach Strzyzow zu meiner Großmutter. Sie hatte schon einige Jahre zuvor mit dem kranken Großvater das Dorf verlassen und war in das nahe gelegene Städtchen umgezogen, wo der Großvater zwei Jahre später gestorben war. Ich traf dort noch Onkel Leibisch mit Familie an, ebenso Tante Rosa, die einzige Schwester meiner Mutter, mit ihrem sieben Jahre alten Sohn, und den ledigen Onkel Josef, der immer noch bei seiner Mutter lebte.

Wir wohnten am Rande der Stadt und wurden in den ersten Monaten der Besatzung von den Deutschen weniger belästigt als die übrigen Einwohner. Als es damit aber zunehmend schlimmer wurde und die Verschleppungen in die Lager begannen, beschlossen meine Tante Rosa und ich, das Generalgouvernement zu verlassen und ins »Reich« nach Oberschlesien zurückzukehren. Wir hatten nämlich keinen brieflichen Kontakt mit der Familie in Sosnowitz, die Post war für Juden gesperrt, und andere Wege der Kommunikation zu benutzen hat man sich kaum getraut.

Rückkehr nach Sosnowitz

Im September 1940 machten wir uns auf den Weg. Sieben lange Tage dauerte unser Fußmarsch. Für die Übernachtung suchten wir kleine Orte auf, und wenn es nötig war, gaben wir uns als Polen, das heißt als Christen aus.

Bei der Grenzstadt Trzebinia hinter Krakau ließen wir uns von polnischen Schmugglern über die grüne Grenze bringen. Hinter der Grenze, im »Reich«, wagten wir es – als Polen selbstverständlich –, die Reichsbahn bis Sosnowitz zu benützen. Dort angekommen, sah ich, daß sich einschneidende Änderungen ergeben hatten. Den Juden war fast nichts mehr erlaubt. Jegliche Freiheit war ihnen genommen; zusätzlich waren ihnen neue, deprimierende und das Leben erschwerende Pflichten auferlegt worden. Dazu zählte das Tragen einer Armbinde mit Judenstern, das Zahlen von Kontributionen, das Zurverfügungstellen junger Juden für die Arbeitslager – und das alles unter Androhung der Todesstrafe.

Die Situation war untragbar. Hinzu kam noch die wirtschaftliche Lage. Die meisten Juden hatten ihren bisherigen Lebensunterhalt verloren. Mein Stiefvater war in Kattowitz Handelsvertreter für Textilwaren, und schon dort hatten wir Kinder, Hermann und ich, das Einkommen der Familie aufgebessert. Nun mußten wir von den geringen Ersparnissen leben und gerieten an den Rand der Not. Ich versuchte daher zum ersten Mal, meine bescheidene Malbegabung kommerziell einzusetzen, indem ich für Bekannte Portraits von Passfotos anfertigte. So konnte ich wenigstens eine kurze Zeit lang für mein Taschengeld selbst sorgen.

Die ständige Bedrohung aber war unerträglich. Von diesem Zeitpunkt an beschloss ich, nicht mehr mitzumachen. Für Unmenschen, die sich selbst als Übermenschen bezeichneten, würde ich einfach aufhören zu existieren und in irgendeinem Untergrund verschwinden.

Krenau (Chrzanow)

Auch meiner Tante Rosa gefiel es in Sosnowitz nicht. So machte sie sich auf den Weg zurück, und ich verlegte meinen Aufenthaltsort nach Krenau (Chrzanow), etwa 20 Kilometer südöstlich von Sosnowitz. Ich brauchte dringend eine neue Umgebung. In Krenau lebten entfernte Verwandte; auch hier bildeten jüdische Einwohner die Mehrheit. Gegen sie wurden die gleichen Methoden angewandt wie in Sosnowitz. Schon ziemlich früh wurden jüdische und nichtjüdische Einwohner getrennt, indem man die Juden in bestimmten Straßen der Stadt zusammenpferchte. Es entstand ein Getto ohne sichtbare Mauern, die jedoch für jeden Juden gegenwärtig waren, denn auf »arischem Gebiet«, wie die restlichen Straßen genannt wurden, durfte sich ohne Sondererlaubnis keiner mehr blicken, geschweige denn erwischen lassen. Einem Nichtjuden war es jedoch erlaubt, die jüdische Wohngegend zu betreten. Dies machte ich mir zunutze. Nach etwa zwei Monaten legte ich die Armbinde ab und versuchte mich als polnischer Handwerker, als Elektriker auszugeben. Als solchen wies mich schon von weitem meine Arbeitskleidung aus, auf der Schulter hatte ich ein Drahtbündel, und in der Hand trug ich eine Werkzeugtasche.

Ich war weder irgendwo registriert oder gemeldet, noch gab es Akten über mich. Die Unterkunft wechselte ich oft – immer bedacht auf Sicherheit vor den Machthabern – und übernachtete meistens in Verstecken. In den Wintermonaten hatte ich mir noch eine weitere Beschäftigung ausgedacht. Es mangelte bereits an allem, auch an Reinigungsmitteln, besonders Seife war schwer zu bekommen. So erinnerte ich mich an die Chemiestunden im Gymnasium und versuchte mit diesem mageren Wissen, aus einfachen Bestandteilen Seife herzustellen. Nach einigen Versuchen ist mir das sogar gelungen, aber etwas Wichtiges fehlte dem Produkt noch: eine Markenbezeichnung. Ich begriff, dass das äußere Aussehen für den Vertrieb einer Ware von großer Bedeutung war. Aus Gips goss ich daher einen kleinen Ziegel, in den ich den Namen HIRSCH eingravierte und das Bild eines springenden Hirsches aushob. Mit Hilfe dieses Prägestempels konnte ich die einzelnen Seifenstücke mit einem »Firmenzeichen« versehen. Diese Firma hatte ich noch aus dem Elternhaus in Erinnerung, und den schönen Hirsch habe ich als Kind oft mehr bewundert als die Seife selbst. (Die reale Firma hätte mir meine Anleihe sicherlich verziehen.) Mit dieser Beschäftigung konnte ich mich eine Zeit lang über Wasser halten.

Seife war zweifellos wichtig, aber noch wichtiger waren Brot und Kleidung. Die Lebensmittelkarten reichten nicht vorne und nicht hinten. Wir suchten alle nach Möglichkeiten, uns mehr Brot zu beschaffen, aber so leicht wie mit der Seife war das eben nicht, denn das Mehl fehlte. Wir bemühten uns, auf der »arischen Seite« überschüssige Brotmarken aufzukaufen und in der »arischen Bäckerei« gegen Brot zu tauschen. Das war aber nur möglich, wenn Verbindungen zur »arischen Seite« bestanden. Ein Kollege aus Krenau, Isaac Kahane, und ich gehörten zu diesen wenigen.

Die »Aktionen«

Durch diese Versorgungshilfe, an der ich beteiligt war, lernte ich mehrere einheimische jüdische Familien kennen. Darunter die Bornsteins mit ihren zwei Töchtern, der 20jährigen Mala und der 18jährigen Bela. Die schöne Bela hatte es mir angetan. Ich freundete mich mit dieser

Familie enger an als mit anderen. Es war Herbst 1941.
Alle paar Wochen führten die Machthaber sogenannte
»Aktionen« durch, die zum Ziel hatten, die vielen Arbeitslager mit jungen jüdischen Arbeitskräften männlichen wie weiblichen Geschlechts zu beliefern. Das spielte
sich zunächst so ab, daß Befehle etwa folgender Art aus-
gegeben wurden:

Bekanntmachung

*Alle jüdischen Einwohner, die zu einer hier näher ge-
nannten Gruppe gehören (z.B. Männer zwischen 16 und
40 und Frauen zwischen 18 und 30) sind aufgefordert, sich
am ... um 8 Uhr morgens am Sammelplatz zum Arbeitseinsatz zu melden. Es sind warme Kleidung und Lebens-
mittel für einen Tag mitzubringen. Nicht-Befolgung dieser Anordnung wird mit hohen Strafen geahndet.*

Die meisten Juden gaben den Widerstand gegen diese
Verordnungen auf und stellten sich. Bei den ersten Aktionen kam es schon mal vor, dass jemand vom Sammelplatz
zurückgeschickt wurde, weil die Person gebrechlich war
oder zumindest den Anschein machte oder dass die »Or-
ganisatoren« das erforderliche Kontingent bereits erreicht
hatten. Bei einer solchen Aktion wurde auch Mala Bornstein in ein Arbeitslager verschickt.

Es kam auch vor, dass ein potentieller »Sklave« aus
dem Durchgangslager, in dem die Selektion der menschli-
chen »Ware« stattgefunden hatte, wegen einer wirklichen
oder doch gut simulierten akuten Krankheit vorläufig
entlassen wurde. Dieses Durchgangslager, das für ganz
Oberschlesien zuständig war, befand sich in Sosnowitz.

Belas erste Befreiung

Ich habe schon erwähnt, daß ich mir vorgenommen hatte, solche Anordnungen zu ignorieren. Für die Nazi-Machthaber existierte ich nicht, und Sklavenarbeit, dazu als Jude, habe ich nach dem Auszug meiner Urahnen aus Ägypten als eine weitere Beleidigung des Allmächtigen angesehen. (Die Synagogenbrände waren für mich die erste Beleidigung des Ewigen gewesen.)

Die kommenden Aktionen wurden immer schlimmer. Die Sklavenkontingente waren nicht mehr mit den Menschen zu erreichen, die am Sammelplatz erschienen. Polizisten (Schupos) und Wehrmachtsoldaten drangen in die Häuser ein und schleppten die Opfer eigenhändig und mit Waffengewalt heraus, um das Soll zu erfüllen – wenn es sein mußte, auch aus den Betten.

Bei einer solchen Aktion wurde auch Bela aus ihrer Wohnung geholt und zum Transport abgeführt. Ihre Eltern ließen es mich unverzüglich wissen. Nein, das konnte ich nicht geschehen lassen, ich mußte etwas unternehmen.

Ungefähr wusste ich, wie es bei diesen Transporten zuging. Die Gefangenen wurden zum Bahnhof gebracht und in bereitstehende Passagierwaggons unter dichter Bewachung von Polizisten und Soldaten verstaut. Diese Waggons wurden dann an fahrplanmäßige Passagierzüge angeschlossen und so auf den Weg gebracht.

Spontan – ich hatte keine Zeit zu überlegen – beschloss ich, dem Transport zu folgen, in dem sich Bela befand. Ich hoffte, dass der Transport wie die bisherigen auch zunächst im Durchgangslager Sosnowitz landete.

Zur besseren Tarnung zog ich eine Bauernpelzmütze auf und begab mich zum Bahnhof. Wie erwartet, war der Transport bereits einem fahrplanmäßigen Zug angehängt.

Das merkte ich an der starken Bewachung des Zuges sofort. Um bei einer eventuellen Kontrolle nicht aufzufallen, kaufte ich eine Fahrkarte nach Kattowitz und mischte mich unter die einsteigenden Passagiere. In Schakowa musste man wie üblich umsteigen. Ich beeilte mich damit und postierte mich in der ersten Reihe der neugierigen Zuschauer so, dass Bela mich beim Aussteigen möglichst sofort bemerken mußte. So war es auch. Noch auf den Waggonstufen blieb sie vor Schreck ein paar Sekunden stehen. Meine Absicht ging auf. Sie sollte wissen, dass ich ihr folgte und versuchen würde, sie zu befreien. Die weitere Reise verlief in getrennten Zügen.

In Sosnowitz angekommen, suchte ich gleich meine Eltern auf, die in der Zwischenzeit die Unterkunft wieder gewechselt hatten. Ich berichtete ihnen, dass ich eine Freundin hatte, was mit ihr passiert war und dass mir alles daran lag, sie da herauszuholen. Ohne Zeit zu verlieren, begaben sich meine Mutter und mein Stiefvater an eine geeignete Stelle, wo »solche Sachen« möglich waren. Damit waren natürlich Geld oder Wertsachen gemeint.

Ich hatte damals noch keine Ahnung, welche Art von Beziehungen solche Transaktionen möglich machten. Nun merkte ich, daß Geld nötig war, um Menschen zu befreien bzw. Menschen zu retten.

Zu diesem Zwecke hatte ich alles, was ich besaß, mitgebracht, und wenn es nötig gewesen wäre, hätte ich auch noch weitere Mittel beschafft. Für Bela, fühlte ich, würde ich auch über die Grenzen des Möglichen gehen. Aber es bedurfte nicht unbedingt solcher Gefühle, damit ich für diese Sache entsprechend motiviert war. Aus der Geschichte des Judentums ist die »Auslösung« von Gefangenen, insbesondere Unschuldiger, durch ganze Gemeinden zu allen Zeiten hinlänglich bekannt und bis zuletzt praktiziert worden. Ich war daher nicht sonderlich überrascht, als meine Eltern sich unverzüglich der Sache annahmen. Dennoch muss ich es meinem Stiefvater heute noch hoch anrechnen, dass er zu einer Zeit, da er von seinem Sohn Herman kein Lebenszeichen hatte und seine Tochter Ita bereits im Arbeitslager war, noch bereit war, sich für andere einzusetzen. Vielleicht hat er es gerade deshalb um so bereitwilliger getan.

Zunächst war herauszufinden, ob sich Bela, wie vermutet, tatsächlich im Durchgangslager Sosnowitz befand. Erst wenn dies zutraf, konnte die »Auslöse-Aktion« beginnen.

Diese »Auskauf-Aktionen« lassen sich erst im Nachhinein – wie folgender Versuch zeigt – analysieren:

Ich schiebe hier eine spätere Überlegung ein, die unserem Handeln damals zugrunde lag – wenn auch nicht wörtlich und nicht in diesen Begriffen. Zu allen Zeiten gab es unter den Handlangern und Dienern der Machthaber welche, die gegen Geld zu Taten oder Gefälligkeiten bereit waren, die den Gesetzen zuwider liefen. Man nennt das im allgemeinen Korruption, die in der Regel unmoralisch ist. Anders bei diktatorischen und tyrannischen Systemen: Dort kann dieselbe Korruption höchst moralisch sein. Umgekehrt könnte man formulieren:

»Wenn die Korruption zu einer Tugend wird,
haben wir es mit einem verbrecherischen
und unmenschlichen politischen System zu tun.«

Wie einfach wäre es danach, ein menschenwürdiges System von einer Tyrannei zu unterscheiden!

Doch zurück zu meiner Geschichte. Alles geschah wie geplant: Am nächsten Morgen wurde uns bestätigt, dass Bela im Durchgangslager war und wir an ihre Befreiung gehen konnten.

Es gelang uns, Bela zu unterrichten, wie sie sich bei

der bevorstehenden Untersuchung verhalten sollte. Der Lagerarzt stellte eine akute Blinddarmentzündung bei ihr fest; ich hinterließ die mitgebrachten Geldmittel und kehrte nach Krenau zurück.

Zwei Tage später erhielt ich die Nachricht, wann ich Bela am Bahnhof in Krenau abholen könne. Als ich sie ihren Eltern zurückbrachte, hatten alle Bewohner ihres Hauses Anlaß zu feiern. Und ich hatte fortan bei Belas Eltern einen mächtigen ›Stein im Brett‹.

Das Versteck

Die Familie Bornstein wohnte vor Aufteilung der Stadt in einen jüdischen und einen nichtjüdischen Wohnbereich im Stadtkern, wo sie am Marktplatz ein Galanteriegeschäft besaß. Nach erzwungener Geschäftsaufgabe und Zwangsumzug wurde ihr eine Zweizimmer-Wohnung zugewiesen, die sie mit einer anderen Familie teilen musste. Das erste Zimmer und die Küche mit einem Balkon zum Hof hatten die Bornsteins, das zweite Zimmer mit einem Fenster zur Straße die Mitglieder der anderen Familie bezogen. Im Zwischenstock dieses Hauses, zwischen erster und zweiter Etage, befand sich eine Nische von etwa zwei mal zwei Metern bei einer Öffnung von einem Meter auf 70 Zentimeter. Diese Nische war möglicherweise einmal als Geräte- oder Abstellkammer gedacht.

Die Bewohner dieses Hauses beschlossen nun, aus dieser unfertigen Kammer ein Versteck zu machen, um sich vor künftigen Aktionen zu schützen. Man bestellte beim Schreiner ein zerlegbares Schrankregal, das genau in die Öffnung der Nische passte und eine Tiefe hatte, wie ein Weckglas sie benötigte. Diesen Schrank bauten wir in die Öffnung zur Nische ein. Benutzte man das Versteck, musste der Schrank von der Nische aus wie folgt aufgestellt werden:

1. die am Rahmen aufgehängte äußere Tür von innen schließen,
2. die Regalbretter einsetzen,
3. die Weckgläser auf die Regalbretter stellen und
4. schließlich die Rückwand anbringen.

Bei der nächsten Aktion, die kurz nach dem Schrankeinbau stattfand, hat dieses Versteck die Feuerprobe in der Tat sehr gut bestanden. Elf Personen waren im Versteck. Um dafür zu sorgen, dass der Tarnschrank einwandfrei aufgebaut wurde, war ich ausnahmsweise auch dabei. Mit angehaltenem Atem hörten wir, wie die Menschenjäger die einzelnen Wohnungen durchsuchten, sie aufbrachen, sofern sie abgeschlossen waren, und wie sie auch unseren Tarnschrank öffneten und inspizierten – ohne dass ihnen etwas auffiel.

Belas zweite Befreiung

An einem Junitag 1942 wurden alle Bewohner des Hauses abgeführt. Aus unerklärlichen Gründen war das Versteck nicht benutzt worden. Die Deportationen in die Konzentrationslager hatten begonnen. Einige Stunden, nachdem die Menschenjagd zum Stillstand gekommen war, verließ ich meine Bleibe. Die Straßen waren fast menschenleer.

Ein nichtjüdischer Jugendlicher erzählte mir, dass er gesehen habe, wie die jüngeren Juden in die Kirche gebracht worden waren und dass ein in der Stadt allgemein bekannter SS-Offizier, Obersturmbannführer Kleinike, die Bewachung leitete. Dieser war deshalb so bekannt, weil er eine Gärtnerei betrieb, in der er mehrere junge

Juden als Gärtner beschäftigte. Ferner hieß es, er sei, obwohl SS-Mann, nicht der schlechteste Arbeitgeber.

Ich hatte irgendwie das Gefühl, Bela befinde sich unter den Festgenommenen in der Kirche. Als ob mich etwas ziehen würde, ging ich in diese Richtung und legte mir einen Spruch zurecht, welchen ich bei der Begegnung mit diesem SS-Mann aufsagen würde. Etwa dieser Art:

»Herr Kleinike, ich bin ein guter Gärtner und möchte für Sie arbeiten. Auch meine Braut würde gerne bei Ihnen arbeiten, aber sie befindet sich hier drinnen.« Ich hoffte dabei auf eine menschliche Reaktion oder darauf, dass ihn die Sache aus wirtschaftlichen Gründen interessieren würde.

Meine Selbstsicherheit muss damals beträchtlich gewesen sein. Ich dachte nicht einmal daran, dass ich wie immer ohne jegliche Ausweisdokumente herumlief.

Da der Weg nicht weit war, konnte ich mich innerlich auch nicht lange auf mein Vorhaben vorbereiten. Zum Glück, sonst wäre mir womöglich noch eingefallen, dass ich mich ohne jeglichen Schutz direkt in die Höhle des Löwen begab.

Vor der Kirche angekommen, erwartete mich eine unangenehme Überraschung: Kleinike war gar nicht da. Sein Adjutant, ebenfalls ein SS-Mann, stand vor dem Kirchenportal und führte das Kommando. Doch ich dachte nicht an Rückzug, sondern trat an den Adjutanten heran und sagte meinen Spruch auf, natürlich der Situation entsprechend abgeändert: »Ich arbeite bei Herrn Kleinike. Meine Braut befindet sich da drin.«

»Wie heißt sie?« fragte mich der SS-Mann.

»Bornstein, Bela«, antwortete ich.

Er drehte sich um, machte die hohe, schwere Kirchentür auf und ging hinein. Es dauerte keine zehn Sekunden, bis der Mann mit Bela herauskam und sagte:

»Hier haben Sie Ihre Braut.«

Das war für mich selbst die größte Überraschung, und wenn ich mich richtig erinnere, habe ich nur das Wort »danke« herausgebracht und mit Bela schleunigst den Platz verlassen.

Sie war also tatsächlich wieder frei, und obwohl wir allen Grund gehabt hätten, zufrieden zu sein, kam doch keine rechte Freude in uns auf. Bela war von ihrer gesamten Familie allein übrig geblieben. Die Deportation der Krenauer Juden machte in keinem Durchgangslager halt, die Verschleppten wurden direkt in die Endlager gebracht. Wir wussten bereits, dass sich in Auschwitz ein Konzentrationslager befand und dort schon viele gelandet waren, aber wir kannten zu dieser Zeit noch nicht die volle Wahrheit über Auschwitz und schon gar nicht das Ausmaß der bereits funktionierenden Vernichtungsmaschinerie. Aus unzähligen Orten wurden die Opfer deportiert, um diese Hölle zu füllen. (Abb. 9)

Im Nachhinein stelle ich fest, dass wir einiger normaler Gefühlsregungen gar nicht mehr fähig waren. Freude, Trauer, Liebe und Haß, sogar Tränen kamen nicht zum Vorschein, diese flossen – so begreife ich das heute – direkt ins Innere und überfluteten das Herz und die Seele. Die Gefühle sind alle in den umgeleiteten Tränen ertrunken.

Was mich betraf, so blieb mir lediglich der Wille, mich zu widersetzen; ja, er wurde nach dieser Aktion noch stärker und beherrschte alle meine Gedanken.

Aus der Chronik »Die Zahl der Opfer von Auschwitz« von Franciszek Piper geht hervor, dass im Juni 1942 ein Transport von 4000 Krenauer Juden nach Auschwitz ging. Mit großer Wahrscheinlichkeit waren in diesem Transport auch Belas Eltern.

Das »Ausmaß« von Auschwitz – »Die Tentakel«. (Abb. 9)
(Eingezeichnet sind nur die größeren Städte.)

Zu zweit hinter einer Stahltür

Nach Belas zweiter Befreiung galt es nun, die Lage zu zweit zu meistern. Belas Wohnung wie das ganze Haus standen jetzt leer. Dort zu bleiben war uns jedoch zu unsicher. Nicht weit davon fand ich in einem kleinen Haus eine Kammer mit einer breiten Stahltür und einem kleinen vergitterten Fenster, die früher als Warenlager gedient hatte. Diese Kammer schien mir sicherer. Ich mietete sie für uns als vorläufige Unterkunft. Platz gab es dort nur für ein Bett, einen kleinen Tisch, zwei Stühle und einen schmalen Schrank. Weder eine Wasserleitung war vorhanden noch ein Ofen.

Es vergingen einige Monate in relativer Ruhe. Es waren ja kaum noch Juden in Krenau. Die wenigen wurden von den Deutschen bei irgendwelchen Arbeiten eingesetzt, andere lebten in diversen Verstecken. Wir schmiedeten damals Pläne, Krenau zu verlassen und ins »Generalgouvernement« zu gehen. Dort hofften wir in irgendeinem Dorf bei Bauern als Gegenleistung für Arbeit eine Unterkunft bzw. ein Versteck zu finden.

Dazu bedurfte es zunächst eines Ausweises. Da ich mangels entsprechender Verbindungen keinen kaufen konnte, nutzte ich meine eigenen Fähigkeiten – nämlich die angeborenen, Malen und Zeichnen, sowie die anerzogenen, mir selbst zu helfen und auf Gottes Unterstützung zu hoffen (»Im ejn ani li mi li…«; vgl. Abb. 6, 1. Zeile). Ich fertigte mir kurzerhand selbst einen Ausweis an. Den notwendigen Stempel stellte ich aus einem Radiergummi her, in den ich – damit es echt wirkte – nur einen Teil des Adlers, aber das ganze Hakenkreuz eingravierte. Dieser selbst verfertigte Ausweis erhöhte meine Selbstsicherheit.

Wir planten schließlich, nur noch den Winter abzuwarten und uns, sobald es wärmer wurde, auf den Weg zu machen. Es kam aber ganz anders.

Krenau judenfrei

Mitte Februar 1943 wurden wir frühmorgens durch Geschrei und Motorgeräusche geweckt. Ich kleidete mich rasch an und setzte mich aufs Fensterbrett des einzigen Fensters, das mit Gitterstäben versehen war, um auszumachen, was draußen vorging. Dass es eine nicht angekündigte Aktion war, hatte ich bereits verstanden – aber gegen welche Gruppe es ging, war mir noch nicht ganz klar. Das Geschrei wurde lauter und kam immer näher: »Raus! Los! Los! Raus!« Man konnte durch das Fenster nicht viel sehen, es dämmerte erst. Plötzlich wurde an die Stahltür geschlagen.

Ich rührte mich nicht vom Fensterbrett. Bela war zwar schon wach, lag aber noch im Bett. Draußen machte sich jemand an der Stahltür zu schaffen, und nach einer Weile wurde sie tatsächlich aufgebrochen. Was sich nun begab, hätte in eine Komödie gepasst, wenn es nicht so ernst gewesen wäre. Die Tür ging auf, und als erstes erschien ein Gewehr im Anschlag, gehalten von einem Schupo. In der Kammer war es noch dunkel, der Mann bemerkte mich als Schatten am Fenster und richtete sofort das Gewehr auf mich. Erschrocken rief ich: »Haben Sie keine Angst, ich bin unbewaffnet!«

(Das Komische an dieser Situation ist mir erst im Nachhinein aufgegangen: Da wollte das Opfer seinen Peiniger beruhigen, auf daß er keine Angst vor dem Opfer habe.)

Der Schupo daraufhin: »Was macht ihr noch hier? Alle müssen raus! Los!« Auf meine Erklärung, wir hätten von nichts gewusst und auch nichts gehört, ging der Mann natürlich nicht ein. Das hatte ich auch nicht erwartet. Außer zwei Portionen Brot durften wir nichts mitnehmen.

Während ich das Brot einpackte, zog sich Bela schnell an. Mit den Brotbeuteln in der Hand wurden wir wohl als letzte aus dem Haus abgeführt und zu einem Lastwagen gebracht, der auf die Nachzügler wartete. Als Sammelplatz diente eine Schule. Wir wurden sofort in zwei Gruppen getrennt, Frauen und Männer. Erst am späten Abend wurden wir gruppenweise zum Bahnhof gebracht und in einen langen, aus Personenwaggons zusammengestellten Zug verfrachtet.

Flucht während der Deportation

Es war schon Nacht, als sich der Zug in Bewegung setzte. Er hatte offensichtlich ein festes Ziel, denn er machte nirgendwo Zwischenstation. Der Waggon war voll. Ich wählte einen Platz, der möglichst weit von der Tür entfernt lag, wo ein bewaffneter Soldat oder Polizist Platz genommen hatte. Während der Fahrt herrschte ziemliche Ruhe. Jeder war mit seinen Gedanken beschäftigt. Wir wussten, dass das die letzte Aktion in Krenau gewesen war. Was wir nicht wussten, war, wohin wir gebracht wurden. Neben mir saßen ein paar Jugendliche, die mich kannten, weil ich den Aktionen bisher immer aus dem Weg gegangen war. Nun schütteten sie ihren Spott über mich aus. »Na, du ›hoirak‹, haben sie dich doch erwischt!«

Als ob ich nur darauf gewartet hätte, schaute ich mich um, ob auf den umgebenden Sitzbänken auch kein Wachmann zu sehen war, ging dann an das Fenster, durch das ich zwar wegen der Dunkelheit nichts sehen konnte, aber es hörte sich an, als führen wir auf einer Böschung. Ich nahm meinen Brotbeutel und legte ihn meinem Nebenmann auf die Knie und sagte: »Das brauche ich nicht mehr.«

Ich ließ das Fenster herunter, zog mich am oberen
Fensterrahmen hoch und streckte die Beine aus dem Fenster. Für eine Sekunde setzte ich mich auf den unteren
Fensterrahmen und sprang dann in die Dunkelheit. Ich
hatte mich nicht getäuscht – wir fuhren tatsächlich auf
einer Böschung dahin. Was ich nicht hatte ahnen können:
Unten verlief ein Graben, der teilweise vereistes Wasser
führte; darin landete ich. Ich blieb so lange liegen, bis der
ganze lange Zug vorbei war.

Die Wachposten hatten also meine Flucht nicht be-
merkt. Nass bis auf die Haut, aber mit heilen Knochen,
versuchte ich mich zu orientieren. Solange der Zug etwas
Licht auf die nächste Umgebung warf, hatte ich noch
etwas Gebüsch erkennen können; danach war es stock-
dunkel. Kein Mond, keine Sterne. Ich hatte keine Ahnung, wo ich mich befand. Ich musste zu irgendeiner
Straße gelangen. Es war sehr kalt. In der Ferne sah ich
schwache Lichter und schlug diese Richtung ein. Weil ein
Hund bellte, musste ich mich wieder entfernen und den
Rest der Nacht im Freien zubringen. Ich legte mich auf
den Boden neben ein dichtes Gebüsch, um ein wenig vor
dem Wind geschützt zu sein. So sank ich in einen unruhi-
gen Halbschlaf.

Der Gerechte

Es dämmerte schon, als mich ein Geräusch weckte. Ich
richtete meinen Oberkörper auf und sah in einer Entfer-
nung von etwa 40 Metern eine männliche Gestalt, die sich
näherte.

Damals konnte man einen Deutschen schon am Gang
erkennen, insbesondere wenn er in Uniform steckte. Mein
erster Eindruck war positiv. Da ich keine Gefahr witterte,

richtete ich mich vollends auf. Erst jetzt bemerkte ich neben meinem Liegeplatz einen schmalen Pfad, den der Mann offensichtlich benutzte. Als er schon ganz nahe war und mich erblickte, stutzte er und hielt an. Nach einer Weile kam er langsamen Schrittes zu mir heran, einen fragenden Ausdruck im Gesicht. Darauf wandte ich mich auf polnisch an ihn:

»Ich weiß nicht, ob Sie bereits wissen, dass gestern alle Juden aus Krenau deportiert wurden. Ich bin in der Nacht aus dem Transportzug gesprungen.«

»O Gott!« war seine Antwort. Der Mann schien deutlich bestürzt.

»Ich möchte nach Sosnowitz. Können Sie mir den Weg zeigen?« fragte ich ihn. »Aber so können Sie unmöglich gehen«, meinte er. »Sie sind doch ganz verdreckt, und Ihre Kleidung ist beschädigt. Damit fallen Sie sofort auf. Kommen Sie zunächst mit mir nach Hause, damit Sie sich säubern und etwas ausruhen können.«

Ohne ein weiteres Wort zu wechseln, wozu ich vor lauter Rührung ohnehin kaum in der Lage gewesen wäre, folgte ich dem Mann. Er stellte sich als Pole heraus, der bei der Bahn beschäftigt war. Er wohnte mit seiner Familie, Frau und zwei Töchtern, nicht weit entfernt in einem Einfamilienhaus. Am Ziel angekommen, war es schon fast hell. Damit mich niemand von den Nachbarhäusern bemerkte, schlichen wir uns schnell und vorsichtig ins Haus.

Da blieb ich zwei Tage und zwei Nächte. Ich konnte baden und mich richtig ausschlafen. Meine Wäsche wurde gewaschen und die Oberbekleidung in Ordnung gebracht. Am dritten Tag begleitete mich die Gastgeberin mit einer Tochter zum Bahnhof, kaufte mir eine Fahrkarte nach Sosnowitz und verabschiedete mich mit liebevollem Gesicht, das mir Mut machte.

Vier Tage zuvor noch hatte ich keinen Glauben mehr an die Menschheit; durch diese Familie habe ich ihn zurückgewonnen. War der Mann einer der 36 Gerechten, die für den Bestand der Welt verantwortlich sind, oder ein »Bote«, ein Engel?

Nicht nur, dass ich heil davongekommen war! Ich hatte nicht einmal einen Schnupfen davongetragen nach der nassen und kalten Nacht im Freien.

Aus Sicherheitsgründen hatten wir uns einander nicht vorgestellt. Es war nicht unbedingt ratsam, sich fremde Namen zu merken. Je weniger man voneinander wusste, um so sicherer konnte man sich fühlen. Daher weiß ich weder, wie diese guten Menschen hießen, noch wo sie wohnten.

Anderthalb Stunden später klopfte ich bereits an die Tür meiner Eltern, die erneut die Wohnung gewechselt hatten. Ich war wahrscheinlich der erste, der ihnen die Nachricht über die Vorgänge in Krenau brachte. Einen Tag später erfuhr ich, dass zwei Schicksalsgenossen meinem Beispiel gefolgt und ebenfalls aus dem fahrenden Zug gesprungen waren. Die Fahrtgeschwindigkeit war jedoch bereits so hoch gewesen, dass sie zu weit von mir entfernt gelandet waren, als daß ich ihre Rufe hätte hören können.

Auch mein Kollege Isaac Kahane überstand diese letzte »Aktion« in Krenau. Zusammen mit seiner Mutter und seinem älteren Bruder Aaron hatte er die »Aktion« in einem Versteck verbracht. (Sein Vater war bereits Opfer einer früheren »Aktion« geworden.) Erst am nächsten Tag verließen sie es. Isaac konnte sich nach Sosnowitz durchschlagen, sein Bruder und die Mutter versuchten, sich ins »Generalgouvernement« abzusetzen. Wie wir später nach einem Augenzeugenbericht erfuhren, spielte sich in einem öffentlichen Bus unweit der Grenze in Richtung

Krakau Folgendes ab: Bei einer Ausweiskontrolle durch die Polizei wurde eine ältere Frau, die keine Personalpapiere hatte, aus dem Bus gezerrt. Sie wehrte sich und machte die Polizei durch ihre Hilferufe auf einen sie begleitenden Mann aufmerksam. Diese beiden Personen wurden abgeführt; es handelte sich um die Mutter und den Bruder von Isaac Kahane. Einige Tage später beschloss Isaac, noch einmal nach Krenau zurückzugehen, um aus seinem Familienversteck – falls noch was übrig war – etwas zu holen.

Ich kann nicht ausschließen, dass noch ein weiterer Grund für dieses Vorhaben eine Rolle spielte, nämlich die Hoffnung, dort etwas mehr und vielleicht Positiveres über das Schicksal seiner Mutter und seines Bruders zu erfahren. Seine Reise nahm aber kein gutes Ende. Wie mein Stiefvater über die Gemeindeverwaltung später in Erfahrung bringen konnte, wurde im Gefängnis von Myslowitz (bei Kattowitz) unter anderen auch ein Jude namens Isaac Kahane hingerichtet.

Das Getto

Es kamen schwere Tage auf mich zu. Von Bela hatte ich keine Nachricht. Der Transport lief auch nicht mehr über das Durchgangslager Sosnowitz, sondern direkt in diverse Lager, Auschwitz eingeschlossen. Meine Situation verlangte eine völlig neue Orientierung. Alle bisherigen Pläne waren wertlos geworden. Sosnowitz war gerade im Umbruch. Alle Juden mussten in ein abgesondertes Gebiet namens Srodula am Rande der Stadt umziehen, das zum Getto erklärt wurde. Dorthin wollte ich auf keinen Fall. Also suchte ich und fand eine neue Bleibe in der Stadt außerhalb des Gettos.

Zweimal die Woche besuchte ich meine Familie im Getto und versorgte sie unter anderem mit den neuesten Nachrichten. Die konnten damals keinen Trost spenden, gleich, ob sie die näheren Dinge oder die Weltlage betrafen.

Bei einem solchen Versuch, die Familie zu besuchen, wurde ich, schon innerhalb des Gettos, auf der Straße von einem jüdischen Milizmann angehalten: »Warum tragen Sie nicht das Kennzeichen?«, wollte er wissen.

»Ich bin Pole«, antwortete ich. »Wenn Sie es nicht glauben, dann kommen Sie mit mir in den Hausflur, dann können Sie sich überzeugen«. Darauf pfiff er Verstärkung heran. In Sekundenschnelle tauchten zwei weitere Milizmänner auf, die mich festnahmen und in den Keller des Milizgebäudes sperrten.

Ich war dort nicht allein. Etwa 15 Jugendliche teilten den Raum mit mir. Durch ein kleines vergittertes Fenster in der Höhe des Bürgersteigs guckten kleine Kinder auf Knien herein. Einen dieser Jungen bat ich, er solle doch meiner Mutter Bescheid sagen, was passiert war. Sie solle mir einen Anzug und etwas Geld schicken, das ich bei ihr liegen hatte. Kurz darauf kam meine Mutter und brachte mir einen Anzug und 500 Reichsmark. Später stellte sich heraus, dass an diesem Tag, wie an vielen anderen Tagen auch, ein Kontingent junger Juden für den Arbeitseinsatz angefordert worden war. Ich hatte mich also zur ungünstigsten Zeit am ungünstigsten Ort befunden.

Das Arbeitslager

Noch am gleichen Tag wurden wir in das Durchgangslager gebracht, das ich nun zum ersten Mal auch von innen sah. Bezeichnend war, dass man bei der Registrierung kein grosses Interesse an den Ausweisdokumenten zeigte. Auch der Name spielte keine Rolle. Mit Vornamen hießen ja ohnehin alle »Israel«. Es war deshalb kein allzu grosses Risiko, auf Befragen den Namen »Unger« anzugeben, weil ich bei der Flucht, die ich von Anfang an plante, meine Familie nicht in Gefahr bringen wollte, falls man nach mir im Elternhaus suchen sollte. Den Namen »Unger« gab es in Krenau, und ich wußte, daß ein Mann dieses Namens früh deportiert worden war.

Im Durchgangslager blieben wir nur eine Nacht. Am nächsten Morgen wurden wir auf Lastwagen verfrachtet und in das Lager »Chorzow« gebracht, ein Teil von Königshütte neben Kattowitz. Das Lager bestand damals aus drei mit Stacheldraht umzäunten Baracken. Zwei große waren für die Insassen und eine kleinere für die Küche und andere Einrichtungen. Die Eingänge zu den Gefangenenbaracken lagen der Lagerumzäunung gegenüber, so dass die Wachmannschaften die Bewegungen dort stets beobachten konnten. Die Latrinen befanden sich am gegenüberliegenden Zaun hinter den Baracken. Die Wachmannschaft selbst bestand hauptsächlich aus SA-Männern mit Schäferhunden.

Als wir ankamen, war das Lager leer. Kurz vor unserer Ankunft waren die bisherigen Insassen, französische Juden, nach Auschwitz deportiert worden. Es hieß, sie seien schon zu sehr ausgemergelt gewesen. Das erfuhren wir von zwei noch übrig gebliebenen französischen Kapos und den Beschäftigten in der Lagerküche.

Gleich beim ersten Appell wurden wir nach Berufen in Arbeitsgruppen aufgeteilt. Da ich mich als Elektromonteur ausgab und Deutsch sprach, hielt mich die Lagerverwaltung für einen Techniker, dem man die Reparatur und Ergänzung des noch fehlenden Teils der Umzäunung der »Hermann-Göring-Hütte« zuweisen konnte. Sie lag einen Kilometer vom Lager entfernt.

Etwa zwei Wochen lang arbeitete ich mit weiteren acht Lagerinsassen an der Ergänzung des Holzzauns, wobei die Verantwortung für die Ausführung der Arbeiten mir übertragen war. Der auszubessernde Zaun verlief am äußeren Rand des Bürgersteigs einer befahrenen Straße entlang. Frühmorgens gingen einzelne Fußgänger an uns vorbei und stachelten unsere Sehnsucht nach Freiheit immer neu an.

Eine Frau um die dreißig zeigte Mitleid mit uns und warf uns täglich zwei in Papier verpackte Butterbrote zu. Dafür segneten wir sie insgeheim, denn was wir im Lager zu essen bekamen, hatte natürlich nie gereicht.

Wir litten alle Hunger, den man oft mit Wasser zu überlisten versuchte. Aber mehr noch als der Hunger setzte mir – und wahrscheinlich auch allen anderen – etwas anderes zu, was mir damals noch gar nicht so recht bewusst war. Es war das Fehlen eines Menschen, mit dem man seine Gedanken austauschen konnte. Obwohl man mit vielen in einer Baracke zusammen war, blieb man doch sehr einsam. Ein jeder war in seine eigenen Gedanken versunken bzw. in eine Art Bewusstseinsdämmer versetzt. Mich beschäftigte ständig nur ein Gedanke: die Flucht aus dem Gefangenenlager.

Ich konnte mir zwar vorstellen, für die Machthaber Zäune zu flicken oder Straßen- und sonstige Bauarbeiten auszuführen, aber nur in Freiheit und gegen eine ausreichende Versorgung mit Lebensmitteln, und nicht als ein Sklave, der auf Leben und Tod ausgeliefert war.

Erst jetzt, während ich dies schreibe, fällt mir auf, wie wenig ich damals über die Weltsituation und die Verfolgung des jüdischen Volkes durch die Deutschen nachdachte. Offensichtlich war das alles für mich, ohne dass ich mir dessen bewusst war, eine »Naturkatastrophe«, über die große Gedanken zu machen wenig Sinn hat. Wenn ich jetzt meine damaligen Gefühle analysiere, so stelle ich fest, dass die Gefahr, die ich in den Machthabern, den Wachmannschaften, den SA- und SS-Männern sah, in etwa einem seelenlosen Steinbrocken glich, der sich bei einem Erdbeben gelöst hat und einen ohne Grund zu erschlagen oder zu zermalmen droht.

Aus heutiger Sicht war diese Gefahr auch völlig unberechenbar. Der tödliche ›Steinbrocken‹ konnte kurz vor dem Aufschlag irgendwo aufprallen und dadurch abgelenkt werden, so dass er ein ganz unerwartetes Ziel traf.

In der dritten Woche wurde uns während eines Morgenappells mitgeteilt, dass das Lager um eine weitere Baracke vergrößert werden sollte. Das sollte Folgen haben – hauptsächlich für mich und meine »Arbeitsgruppe Unger« konnten diese Arbeiten erst nach entsprechenden Änderungen des Stacheldrahtzauns begonnen werden. Für die Lagerverwaltung lag es nahe, mit diesen Arbeiten die »Arbeitsgruppe Unger« zu betrauen, die gerade Erfahrungen mit Zäunen gesammelt hatte.

Flucht aus dem Lager

Rollen mit Stacheldrahtnetzen, T-Eisen, zwei Eisensägen und eine Drahtschere wurden uns zur Verfügung gestellt. Mir wurde lediglich gezeigt, wo der neue Zaun verlaufen sollte. Wir begannen mit den Arbeiten im Lager selbst. (Abb. 10) Als wir den Holzzaun um die Hütte errichteten, waren wir stets von zwei bewaffneten Werkschutzmännern bewacht worden, die von der Hütte gestellt wurden. Nun aber, im Lager selbst, wurden wir von mehreren Posten bewacht, da der Drahtzaun während der Arbeiten teilweise offen blieb. Eine Flucht zu diesem Zeitpunkt war also unmöglich, aber den Fluchtplan hatte

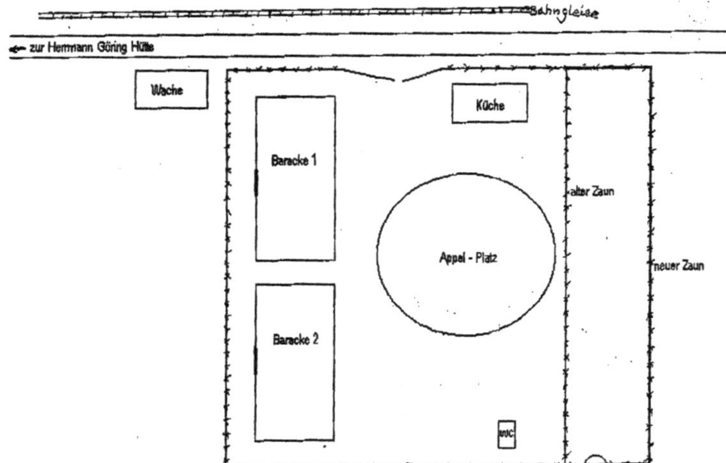

Lagerplan vom Arbeitslager in CHORZOW. (Abb. 10)

ich bereits im Kopf. Lediglich die Einzelheiten und Modalitäten mussten stündlich korrigiert werden.

Am dritten Tag unserer Arbeit am Stacheldrahtzaun, als die letzte Lücke bereits geschlossen werden sollte, inspizierte ich, noch mit der Drahtschere bewaffnet, den gesamten neuen Teil des Zaunes. Damit das Werk einen ordentlichen Eindruck machte, schnitt ich da und dort noch ein Stück Draht ab. Durch das Verhalten der Lagergewaltigen war ich darüber belehrt worden, dass ihnen das eigentliche Kunstwerk Gottes, der Mensch, ziemlich gleichgültig war, weil sie gänzlich unfähig waren, menschliche Gefühle gegen andere zu hegen, und auch nicht im Geringsten fähig waren, sich gedanklich in die Lage anderer zu versetzen. Aber sie reagierten durchaus positiv, wenn äußere Dinge gelungen und ›schön‹ erschienen – und auch ein Stacheldrahtzaun sollte durchaus einen ›ästhetischen‹ Anblick bieten.

Diese Eigenschaft der ›Übermenschen‹ machte ich

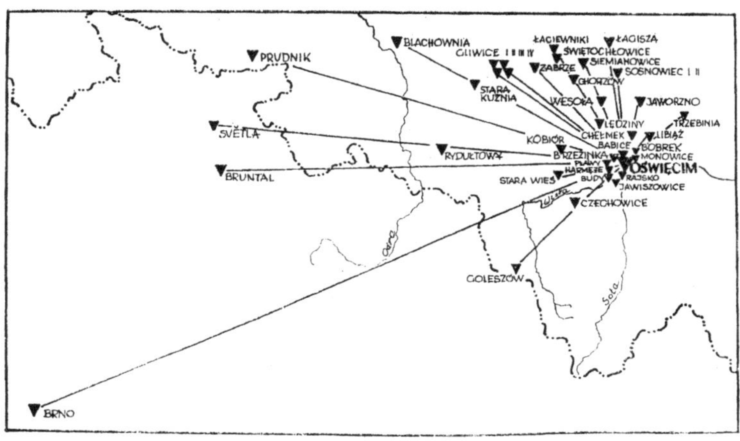

Das Lager Auschwitz und seine Aussenlager. (Abb. 11)

mir zunutze. Denn ich schnippelte unter ihren Augen nicht nur unschöne Enden ab, sondern an zwei ausgesuchten Stellen im unteren Bereich des Zauns diesen einfach durch und schüttete die Stelle mit Erde zu.

Der neue Stacheldrahtzaun war fertig. Die Wachtposten konnten abgezogen werden und den Zaun, wie bisher, von außen im Abstand von circa fünf Minuten entlang patrouillieren; manchmal hatten sie einen Hund dabei.

Eine Woche nach unserer Ankunft im Lager wurden auch einige Mädchen aus Sosnowitz eingeliefert. Eine davon kannte ich sogar, und ihr habe ich für alle Fälle meinen noch unversehrten Anzug zur Aufbewahrung in der Wäscherei gegeben.

Die Kleidung, die wir im Lager trugen, war vorne und am Rücken mit einem Judenstern gezeichnet, die schon von weitem den Träger identifizieren sollten.

Am Abend der Zaunschließung holte ich mir von dem Mädchen den Anzug wieder mit der Bemerkung: »Sollte mir mal die Flucht gelingen, werde ich deinen Eltern eine

Nachricht überbringen.« Sie hat das natürlich für einen Scherz gehalten.

In der Baracke sagte ich einem Nachbarn, der die Pritsche gegenüber hatte: »Sag mal, wenn du wirklich die Möglichkeit hättest, aus dem Lager zu fliehen, würdest du es tun?«

»Nein«, war die klare Antwort:

Daraufhin sagte ich ihm: »Weißt du, ich habe in meinem Strohsack 500 Reichsmark versteckt. Seit drei Tagen schon suche ich sie und kann sie nicht finden.« Und fügte hinzu: »Ach – sollen sie dort verfaulen!« (Das entsprach übrigens der Wahrheit.)

Draußen war es schon dunkel. Ich wickelte meinen unversehrten Anzug zusammen und begab mich zu den Latrinen. Dort traf ich einen Mitgefangenen. »Na, gehst du auf Kartoffeljagd?« »So ungefähr«, war meine Antwort. Denn in der Tat, manchmal konnten uns die Frauen aus der Küche ein paar Kartoffeln zustecken. Als sich keiner mehr zeigte und der Wachtposten, der von der Latrine aus zu sehen war, hinter der nächsten Zaunecke verschwunden war, schlich ich mich zur bewussten Stelle am Zaun und zog die aufgeschnittene Drahtstelle hoch. Die Öffnung reichte gerade, um mich durchzuzwängen. (Abb. 10 – Fluchtstelle). Auf der anderen Seite versuchte ich noch, den Draht wieder in den ursprünglichen Zustand zu bringen, und lief, während ich meine Kleidung wechselte, weit hinaus ins umliegende Feld. Hier warf ich meine Lagerkleidung weg. Ich machte einen weiten Bogen, um zu den Bahngleisen zu gelangen, überquerte diese und näherte mich gelassen der Hauptstraße des Ortes, um die Straßenbahn zu erreichen. (Abb. 11: Landkarte mit Aussenlager.)

Zurück in Sosnowitz

Ich stieg in die nächste Straßenbahn, die nach Sosnowitz
fuhr. Unterwegs führte ich, um mich selbst zu beruhigen,
Gespräche mit einem Einheimischen gleichen Alters über
die belanglosesten Dinge und stellte mir vor, nie gefangen
gewesen zu sein, so dass alles nur als ein Alptraum erschien. Zwei Stunden später klopfte ich an die Woh-
nungstür meiner Eltern im Getto Srodula.

Meine eigene Überraschung beim Eintreten war nicht
geringer als die meiner Mutter. Ohne zu wissen, welchen
Tag ich für meine Flucht gewählt hatte, war ich ausgerechnet zum »Seder« eingetroffen, dem ersten Abend-
mahl des Pessachfeiertages. Der Tisch war wie vorge-
schrieben gedeckt, und als Gast saß ein Fremder da. Wie
es damals im Getto noch möglich war, diese Tradition zu
wahren, bleibt für mich immer ein Rätsel.

An das Pessachfest, das zur Erinnerung an die Befreiung der Israeliten aus der ägyptischen Sklaverei – also seit
3490 Jahren – alljährlich zur gleichen Zeit gefeiert wird,
hatte ich im Lager kein einziges Mal gedacht. Nun, da ich
so unvermittelt mit ihm konfrontiert wurde, wirkte es auf
mich, als würde ich aus einem Traum gerüttelt. Ich war so
benommen, dass mein Bericht nur aus dem einen Satz
bestand: »Ich bin aus dem Lager geflüchtet.« Zunächst
nahm ich auch nicht richtig wahr, dass die Stiefbrüder
Aaron und Josef nicht anwesend waren. Aber eine Ein-
zelheit fiel mir auf: der traditionell für den Propheten
Elias bereitgestellte große, volle Weinbecher. Ja, wie jedes
Jahr erwarteten die Juden seine Ankunft – nur dass sein
Erscheinen diesmal bitter, bitter nötig gewesen wäre.

Meine Gedanken waren damals zu sehr damit beschäftigt, wie es weitergehen solle, und weniger mit dem, wie
es war. Und obwohl ich die zeitliche Übereinstimmung

des Tages des Auszugs aus Ägypten mit meiner Flucht für durchaus merkwürdig hielt, hatte ich damals ihre Tragweite nicht recht erkannt.

Viel später musste ich mir gestehen, dass meine Flucht eigentlich eine Befreiung war. Heute sehe ich es klarer, und ich frage mich:

»Wie war es möglich, dass die Wachposten nichts gesehen hatten, der Wachhund nicht angeschlagen hatte, während der eineinhalbstündigen Fahrt mit der Straßenbahn mich niemand erkannt hatte, keine Fahrkartenkontrolle stattfand – ich hatte ja kein Geld und keine Fahrkarte; wie war es weiter möglich, dass ich mich unbemerkt ins Getto hineinschmuggeln konnte und schließlich der Alarm im Lager – wie ich später erfuhr – erst um zwei Uhr nachts ausgelöst wurde?«

Hatte und habe ich nicht allen Grund, dieses Tages, oder besser dieser Nacht (der Auszug aus Ägypten begann auch nachts), als doppelter Befreiung zu gedenken und dem Ewigen dafür zu danken?

Ich blieb nur diese eine Nacht im Getto. Von der Familie waren nur noch meine Mutter, mein Stiefvater und die Jüngste, meine neun Jahre alte Schwester, anwesend. Die anderen bei den Eltern verbliebenen Kinder, Aaron und Josef, waren bereits zur Zwangsarbeit verschleppt worden. Da ich auf keinen Fall länger im Getto bleiben wollte, schlichen meine Mutter und ich uns am nächsten Morgen in die Stadt. Wir mussten eine Unterkunft für mich finden, bis mir die Haare etwas nachgewachsen waren, um nicht als entflohener Gefangener aufzufallen.

Es gelang meiner Mutter, bei einer früheren christlichen Nachbarin aus dem Nebenhaus, einer alleinstehenden Witwe, eine Bleibe zu finden. Sogar verpflegt werden konnte ich dort.

Einen knappen Monat lang hielt ich mich dort auf, ohne die Wohnung auch nur für kurze Zeit zu verlassen. Die Wohnung meiner edlen Gastgeberin war übrigens auch eine Art Erholungsstätte für etwa fünf oder sechs Strichmädchen der nächsten Umgebung, die sich hier tagsüber, wie in einem Café, bei einem Glas Tee erholten. Es war nicht zu vermeiden, dass mich die Mädchen wahrnahmen. Obwohl ich in ihrer Gegenwart meine Identität nicht preisgab, waren sie doch wohl alle über mich im Bilde, und ich glaube, die Nachbarn im Hause waren es auch. Allein die Tatsache, dass ich das Haus so lange nicht verließ, musste ihnen zu denken geben. Trotzdem hatte ich in dieser Hinsicht nicht die geringsten Probleme. Im Gegenteil, ich fühlte mich durch diese Mädchen sogar irgendwie geschützt.

Als ich eines Tages vor dem Hauseingang stand und die Straße beobachtete, ging ein junger Mann vorbei. Er zögerte, hielt schließlich an und fragte: »Bist du nicht der Unger?« Da erkannte ich ihn auch, es war einer aus dem Lager. »Ja, der bin ich. Und wie bist du rausgekommen?« »Ich habe mich auf der Baustelle in der Hütte versteckt«, berichtete er. »Nachdem alle schon weggegangen waren, bin ich geflüchtet.«

Aus seinem weiteren Bericht erfuhr ich nun, was sich nach meiner Flucht zugetragen hatte. In der Nacht gegen zwei Uhr wurde, wie gesagt, Alarm geschlagen. Alle wurden zum Appell rausgejagt. Es wurde abgezählt und mein Fehlen festgestellt. In der Eile hatte ich das lose Drahtstück nicht gut genug in den ursprünglichen Zustand gebracht; dies muß dem Wachmann dieses Abschnitts bei einem der nächsten Rundgänge aufgefallen sein. Am nächsten Morgen wurde beim Appell offiziell verkündet, Unger sei erwischt und erschossen worden. Die Lüge diente zur Abschreckung, hatte aber, wie sich zeigte, den Mann,

der nun vor mir stand und alles berichtete, nicht davon
abhalten können, meinem Beispiel zu folgen.

Noch in Krenau hatte ich die Bekanntschaft eines
Mannes namens Roterbaum gemacht, der nun als einziger
Jude mit Zustimmung der Behörden in Schakowa lebte.
Vielleicht wurde er noch als Filmvorführer im »Deutschen Haus« gebraucht, oder er genoss einen Privilegier-
tenstatus, weil er sich einer evangelischen Gemeinde angeschlossen hatte. In der Hoffnung, ihn in Schakowa
noch anzutreffen, beschloss ich hinzufahren, um vielleicht aufgrund seiner Verbindungen meine Zukunft zu
gestalten.

Die neue Identität

Diesen Mann aufzusuchen, stellte sich als gute Idee heraus. Ich traf ihn an und konnte seine Verbindungen in der
Tat nutzen. Zunächst konnte ich mir auf illegalem Wege
einen halboffiziellen Ausweis als Pole besorgen, das heisst
kaufen. Auf die darin eingetragenen Personaldaten hatte
ich allerdings keinen Einfluss. So kam es, daß ich plötzlich zu Johann (Jan) Jakubowski wurde. (Abb. 12)

Über diesen Bekannten fand ich auch einen Mann, der
in einer deutschen Elektroinstallationsfirma mit Sitz in
Gleiwitz als Elektromeister beschäftigt war. Dieser war
bereit, mich als Elektromonteur zu beschäftigen.

Die Modalitäten des mündlich abgeschlossenen Ver-
trages sahen vor, daß er meinen Arbeitslohn einbehielt;
die »Gegenleistung« bestand in seiner Verschwiegenheit,
was meine Identität betraf.

Mein erster Einsatz bei dieser Firma betraf Elektroinstallationen in einer Fabrik für synthetischen Kraftstoff
im oberschlesischen Laziska. Dort wurde ich einem Elek-

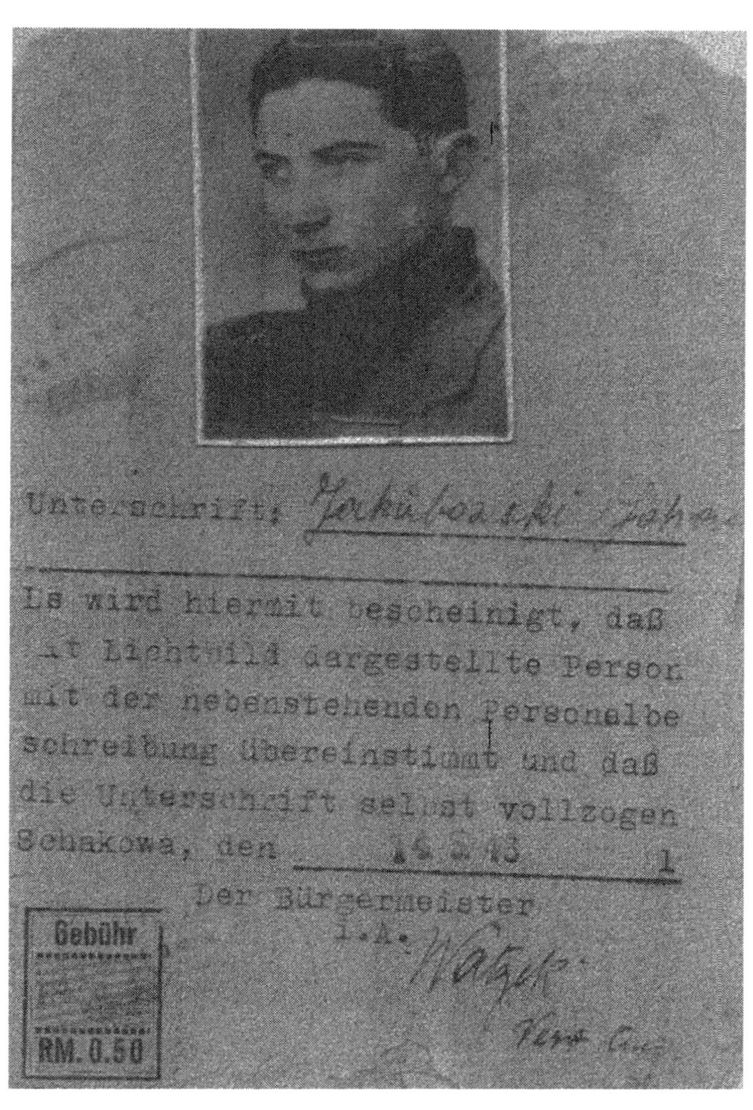

Personalausweis. (Abb. 12)

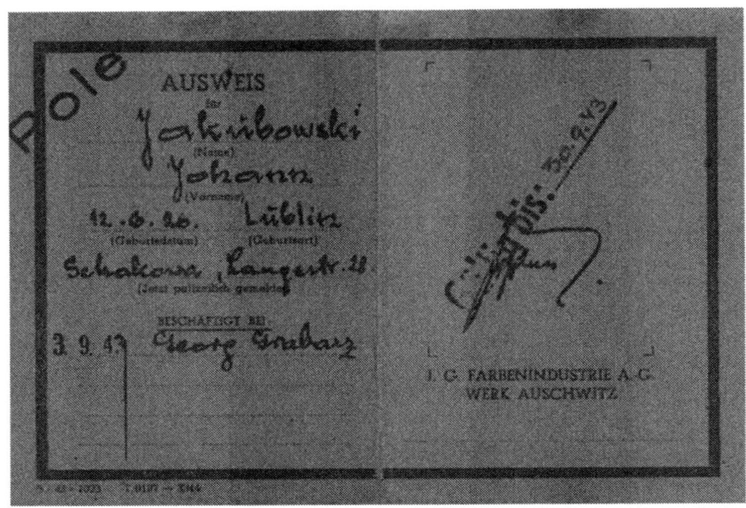

*Arbeitsausweis von der I.G. Farbenindustrie
Werk Auschwitz. (Abb. 13)*

triker namens Zajasz zugeteilt, mit dem ich mich schnell befreundete. Wir wohnten zusammen mit anderen Monteuren in einer Arbeiterunterkunft auf dem Fabrikgelände und durften auch die Fabrikkantine benutzen.

Jede Woche besuchte ich meine Mutter im einem sogenannten »Arbeitsschop« außerhalb des Gettos, wo sie eine Beschäftigung zugewiesen bekommen hatte. Immer wenn ich kam, brachte sie meine Schwester Hinia mit. Dies war die einzige Möglichkeit, sich zu treffen, denn das Getto habe ich nie mehr betreten.

Mein zweiter Einsatz bei der Gleiwitzer Firma war das Werk der I.G. Farbenindustrie in der Stadt Auschwitz. Dort hatte ich mit meinem Freund Zajasz den Auftrag, in Baracken der Flakartillerie, die dem Schutz des Werks diente, die elektrischen Installationen durchzuführen und die Baracken mit Strom zu versorgen.

Bei meinen letzten drei Besuchen hatte ich den Eltern vorgeschlagen, mir die Schwester anzuvertrauen. Ich wollte versuchen, einen Bauern zu finden, der sie vielleicht gegen Bezahlung als Verwandte bei sich aufnahm. Der Vater wollte dem aber nicht zustimmen. Er meinte: »Was mit uns geschieht, soll auch mit ihr geschehen.« Zu diesem Schritt konnte er sich nicht entschließen.

Drei, vier Tage nach meinem letzten Treffen mit Mutter und Schwester – es war der 1. August 1943 – begannen, wie ich erst später erfuhr, die endgültigen Deportationen aus dem Getto in Sosnowitz. Sie dauerten bis zum 12. August.

Nach F. Piper kamen im August 1943 folgende Transporte aus Sosnowitz im KZ Auschwitz an:

1.8.1943	4000 Deportierte
3.8.1943	9000 Deportierte
5.8.1943	4000 Deportierte
6.8.1943	3000 Deportierte
10.8.1943	3000 Deportierte
12.8.1943	1000 Deportierte

Zusammen waren das, allein in diesem Zeitraum, 24000 deportierte Juden. Doch auch schon früher hatten aus Sosnowitz Deportationen nach Auschwitz stattgefunden. Nach derselben Quelle waren dies am:

12.5.1942 und 20.6.1942	4500 Deportierte
16.8.1942 und 18.8.1942	8000 Deportierte
21.5.1943 und 24.6.1943	2645 Deportierte

Hinzu kamen schließlich am 13.1.1944, nach der Hauptaussiedlung vom August 1943, noch einmal 1600 Deportierte.

Vom 7.2.1944 bis zum 23.7.1944 wurden in kleineren Gruppen aus den Verstecken herausgeholt: 678 Personen.

Insgesamt waren es allein aus Sosnowitz 41423 Deportierte.

Als ich Anfang September 1943 zum zweiten Arbeitsauftrag nach Auschwitz kam, waren demnach fast alle Gettobewohner aus Sosnowitz bereits im KZ Auschwitz.

Wie es dort zuging, wusste ich nur ungefähr. Dass Menschen ermordet und verbrannt wurden, wussten alle, schon weil man es roch. Der Gestank aus den Krematorien war in der nicht weit vom Lager gelegenen Stadt allgegenwärtig. Nur von den Selektionen und Gaskammern war mir noch wenig bekannt. Ich hoffte, dass meine Mutter, mein Stiefvater und meine Schwester noch am Leben waren, da sie arbeitsfähig waren.

Im Buna-Werk der IG Farben, wo ich auch Elektroinstallationsarbeiten ausführte, begegnete ich einige Male KZ-Häftlingen, die dort zur Arbeit eingesetzt waren. Obwohl es streng verboten war, sich mit den Häftlingen zu unterhalten, ist es mir gelungen, mit zwei Häftlingen kurz zu sprechen. Mein Freund Zajasz und ich waren bereit, einem Häftling bei der Flucht zu helfen, etwa mit Ausweis und Kleidung. Doch waren diese Häftlinge nicht bereit, einen Fluchtversuch zu wagen. Sie hatten bereits resigniert und befanden sich im Zustand des »Muselmanns« – eine Bezeichnung für KZ-Häftlinge, die mit dem Leben schon abgeschlossen hatten und sich völlig fatalistisch in ihr Schicksal ergaben.

Da ich in Sosnowitz niemanden mehr hatte, wollte ich in Schakowa wieder einmal Roterbaum besuchen. An einem schönen Herbstsonntag kam ich in Schakowa an. Ich begab mich in das »Deutsche Haus«, wo er die Hausmeisterwohnung im Keller bewohnte. Dort begegnete ich einem Nachbarn. Von ihm erfuhr ich, dass mein Bekannter vor zwei Tagen samt zwei Frauen und einem Kind von der Gestapo abgeführt worden war. Von Roterbaum selbst wusste ich, dass er eine Frau und deren Mutter irgendwo auf dem Dachboden versteckt gehalten hatte, zu sehen bekommen hatte ich sie aber nie; und über die sonstigen Verhältnisse war ich nicht unterrichtet. Ich habe nie mehr von ihm gehört. Das Schicksal auch dieser Menschen hiess »Auschwitz«.

Gleiwitz

Ich fühlte mich in der Stadt Auschwitz wegen der Nähe zum Konzentrationslager sehr unwohl. Daher bat ich meinen Meister Walczyk, mir eine Arbeit weiter auswärts anzuweisen. Nach Abschluss der Installation und der Stromversorgung der Baracken der Flak-Artillerie wurde ich nach Gleiwitz versetzt und dort einem Elektroinstallateur namens Morawiec zugeteilt. Der nahm gerade einen größeren Auftrag in Angriff: Im Nachbarort Laband am Adolf-Hitler-Kanal waren in drei gewaltigen, einhundert Meter langen Verpflegungslagern der Wehrmacht die Elektroinstallationen zu verlegen.

Mit Hilfe der Firma fand ich in derselben Straße bei einer älteren Frau namens Wtorek ein kleines möbliertes Zimmer. Ich erinnere mich nicht, die Miete für das Zimmer selbst bezahlt zu haben. Wahrscheinlich hat die Firma, bei der ich beschäftigt war, die Miete übernommen. Ich habe auch den Arbeitsvertrag, den der Meister Walczyk in meinem Namen geschlossen hatte, nie gesehen.

Zum ersten Mal seit drei Jahren lebte ich unter Bedingungen relativer Freiheit. Ich hatte schon zu vergessen begonnen, was Freiheit bedeutet. Durch die Sorge um das

Schicksal meiner Familie kam ich nicht dazu, sie voll zu genießen. Dreimal besuchte ich in dieser Zeit sogar ein Kino. Der erste Film war eine Komödie mit Marika Rökk, im zweiten spielte Hans Moser mit, und der dritte war »Jud Süß«. Mit diesem Film war mir der Appetit auf weitere Filme vergangen.

Für meinen Lebensunterhalt musste ich zusätzlich sorgen. Die geringen Geldmittel waren aufgebraucht, und weil ich nicht gemeldet war, hatte ich auch keine Lebensmittelkarten. Die letzte Wertsache, die ich noch von zu Hause besaß, war ein Erinnerungsstück, eine goldene Taschenuhr. Von ihr wollte ich mich nicht trennen.

Bald hatte es sich bei den Nachbarn in der Straße herumgesprochen, dass ein polnischer Elektriker in der Nähe wohnte, den man zu diversen Reparaturen von Elektrogeräten im Haushalt rufen konnte. Wenn ich ein Bügeleisen, Heizplatten oder Lampen reparierte, bestand mein Arbeitslohn meist aus Lebensmitteln oder Zigaretten. Diese tauschte ich wieder gegen Brot oder Butter.

Am liebsten mochte ich es, wenn bei meiner Vermieterin Wäsche zu waschen war. Dazu musste der Holzschwenker im Waschbottich manuell zwei bis drei Stunden bedient werden. Als Lohn für diese anstrengende Arbeit gab es ein »Festessen«: Butterbrötchen mit Kakao, was ich allen anderen Speisen vorzog. So war ich mit Lebensmitteln meistens versorgt. Ich konnte über einen Bekannten meines Arbeitskollegen Morawiec meinem ältesten Stiefbruder Manes, den ich im Arbeitslager »Heidebreck« vermutete, sogar ein Lebensmittelpaket zukommen lassen.

Damals mussten auch lange Freileitungsstrecken gelegt werden, die auf Holzmasten verliefen. Auf sie kletterte ich den ganzen Winter hindurch und drehte die Isolatoren ein, um die Freileitung aufzuhängen. Anfang

1944 wurde mein Kollege Morawiec zu einer anderen Arbeit abgezogen. Man überließ mir die Verantwortung, und ich bekam als Hilfe drei Hitlerjungen, die ich einarbeiten musste.

Mit Sommerbeginn kamen weitere Arbeiten an neu erstellten Luftschutzbunkern hinzu, die mit einer Spezialinstallation versehen werden sollten.

Dem Firmeneigentümer selbst bin ich nur einmal begegnet, als er meine Arbeitsstätte besichtigte. Ich wusste, dass er eingezogen worden war, aber nicht, dass er bei der Waffen-SS diente. Nun, beim Fachsimpeln, bei dem auch dortige Offiziere anwesend waren, spielte diese Tatsache keine Rolle. Er zeigte sich sogar als verständnisvoller Arbeitgeber. Als mich ein Offizier während der Besichtigung nach dem Stand des »Überspannungsschutzes« fragte und mein Arbeitgeber merkte, dass ich die Frage nicht verstand, half er mir mit seiner Antwort. »Die Polen verstehen diesen Begriff nicht«, meinte er. »Sie müssen ihn nach dem ›Blitzschutz‹ fragen.« So war es; erst jetzt konnte ich eine zufriedenstellende Antwort geben.

Der einzige Lichtblick für mich war ein Luftalarm: Nicht der Bombardierung wegen (die wir nicht erleben mußten), aber der Anblick der in die Luftschutzkeller flüchtenden Mannschaft und ihrer Offiziere, ihre offensichtliche Machtlosigkeit nährte die Hoffnung auf ein baldiges und gerechtes Ende der Naziherrschaft und versprach Besserung unserer Situation.

Meine Anwesenheit war auch dem Blockwart, einer Frau vom Ordnungsamt, nicht entgangen. Sie stellte fest, dass ich, ein Pole, beschäftigt bei der bekannten Firma, beim Meldeamt unbekannt war. Sie besuchte eines Abends meine Wirtin, als ich auch gerade anwesend war, und forderte mich auf, mich schleunigst bei der Polizei anzumelden. Von der Wirtin verlangte sie, dafür zu sorgen, dass ich der Aufforderung nachkam.

Gleich am nächsten Tag ging ich zur Polizei und meldete mich vorschriftsmäßig an. Das war im Spätherbst 1944. Die Sowjets hatten die Gebiete um Lublin – auf diesen Geburtsort war ja mein »halboffizieller« Ausweis ausgestellt – längst eingenommen, so dass eine Überprüfung der Ausweisdaten nicht mehr möglich war. Ich profitierte sogar noch von dieser Anmeldung, weil mir damit die Lebensmittelkarte eines polnischen Arbeiters zustand.

Die Wirtin besaß einen Volksempfänger, der immer auf die gleiche Welle eingestellt war. Man wurde daher in den Nachrichten immer mit dem berühmten Satz »Das Oberkommando der Wehrmacht gibt bekannt...« berieselt. Auch die Wirtin, Frau Wtorek, wusste mit der Zeit, was sie von den Front- und sonstigen Berichten zu halten hatte. So war auch sie neugierig, das Ausland zu hören. Sie hatte nichts dagegen, wenn ich den Volksempfänger leise auf BBC einstellte. So waren wir über den Verlauf der Front und der Kämpfe informiert. Auch über die Untaten der Nazis und die Konzentrationslager im Osten wussten wir Bescheid; aber man unterhielt sich über diese Fakten nicht weiter.

Ich kann aber bestätigen, dass Menschen, die keinen oder nur wenig Kontakt hatten, insbesondere wenn sie einsam lebten wie meine Wirtin, wirklich keine Ahnung davon hatten, was mit den Juden geschah. Auch waren die Leute in diesem Haus keine Nazi-Anhänger. Sie waren Kirchgänger und mehr oder weniger gläubige Christen, ohne bigott zu sein.

Um meine arische Identität zu bekräftigen, begleitete ich meine Wirtin zu Weihnachten und Neujahr 1943/44 und 1944/45 in die nahe Peter-Paul-Kirche. Dort ist mir bei der Betrachtung der Jesus-Figur am Kreuz zum ersten Mal eingefallen, den Judenmord als Fortsetzung der Kreu-

zigung zu verstehen, mit dem Unterschied, dass es vor
2000 Jahren um die Ermordung eines wichtigen Juden
ging, heute aber um die Ermordung von Millionen seines
Volkes und Angehörigen seines Glaubens. Ich kann bis
heute nicht begreifen, dass andere das nicht auch erkannt
haben. Wer Jesus in das leidvolle Gesicht geschaut hat,
muss doch die Ähnlichkeit mit dem Schicksal und Leiden
des jüdischen Volkes gesehen haben.

Die Befreiung

Anfang Januar 1945 mussten wir oft in den Keller, der
zugleich Luftschutzkeller war. Die Front der »Roten Armee« rückte immer näher. Am 21. Januar hörte man schon
das Donnern der Kanonen. Wir begaben uns wieder alle
in den Keller. Ich schätzte die Situation sehr ernst ein, zog
mir den einzigen Sonntagsanzug an und steckte die einzige Wertsache, die ich noch besaß, meine goldene Taschenuhr an der Kette, in die Hosentasche. Wir waren elf Personen, darunter eine Mutter mit zwei Kindern, sechs
ältere Frauen und ein älterer Mann, der Hausbesitzer.
Zwei männliche Hausbewohner waren irgendwo an der
Front. So war ich der einzige junge Mann im Haus. Wir
verbrachten die ganze Nacht im Keller. Die Detonatio-
nen waren so nah, dass schon der Kellerputz herunter-
kam. Ich glaube, alle beteten damals um dasselbe: nur
keinen Treffer auf unser Haus.
Es war morgens, als uns starkes Klopfen an der Haustür aufschreckte. Alle schauten wie selbstverständlich in
meine Richtung. Das Schlagen hörte nicht auf; es blieb
mir nichts anderes übrig, als aus dem Keller zu gehen und
die Haustür zu öffnen. Zwei aufgepflanzte Bajonette waren so nah, dass sie meine kurze Winterjacke berührten;

direkt dahinter gewahrte ich zwei Sowjetsoldaten in drekkiger Kleidung und mit verschmutzten Gesichtern. Einer riss mir unvermittelt die sichtbare Kette mit der Taschenuhr aus dem Hosentäschchen heraus. Obwohl ich ziemlich erschrocken war, aber eben doch auch sehr naiv, entriss ich ihm die Uhr wieder, die noch in seiner Hand hing, und sagte auf polnisch: »Ich will zum Offizier!«

Die beiden waren so verblüfft, dass sie mich ohne Zögern sofort mitnahmen und auf die andere Straßenseite zu einem Eckhaus führten, wo auf dem Bürgersteig an einem kleinen Tisch ein Offizier saß und ein anderer neben ihm stand.

Ich war noch nicht dazu gekommen, dem sitzenden der beiden Offiziere »Guten Morgen« zu wünschen, als die Uhr, die ich wieder in meine Tasche gesteckt hatte, sich bereits in seiner Hand befand. Erst da verstand ich, dass Vorsicht jetzt das wichtigste Gebot war. Ich schwieg also diesmal lieber. Die Soldaten, die mich geführt hatten, erstatteten einen Bericht, den ich nicht verstand. Daraufhin fragte der Offizier etwas wie »Wer bist du?« Ich antwortete auf polnisch: »Ich bin Jude und arbeite hier.« Ich entnahm seiner Miene und vernahm es auch aus seinem Munde, dass er meinen Worten keinen Glauben schenkte. Nun wandte er sich an den neben ihm stehenden Offizier, der mich jiddisch ansprach. Er muss mit meiner Entgegnung zufrieden gewesen sein, denn er bestätigte dem sitzenden Offizier, der einen höheren Grad hatte, meine Darstellung.

Nach kurzer Unterredung machten sie mir klar, dass hier die Front durchgehe und die Häuser zerstört würden. Ich solle alle Leute aus meinem Haus mitnehmen und in eine ruhigere Gegend ziehen, die sie mir zeigen würden. So ging ich zurück und berichtete, was man mir aufgetragen hatte. Minuten später ergab sich ein Bild, das wirklich bühnenreif war: Da führte ein junger Jude, ein vierjähriges deutschen Mädchen auf dem Rücken, eine Karawane von weiteren neun Menschen an, die er aus der Gefahrenzone einer deutsch-sowjetischen Kampffront in Sicherheit brachte. Außer dem »Ewigen« konnte niemand sonst diese Szene verstehen – noch kannte ja keiner aus dem Haus meine wahre Identität.

Wir landeten ein paar Straßen weiter, die schon von den Sowjetsoldaten besetzt waren, in einem leeren Haus. Dort hatten bereits andere Einwohner Zuflucht gefunden. Meine Vermieterin, die Nachbarin mit den Kindern und ich hockten uns in der noch freien Ecke eines Raumes nieder. Aus dem Nebenraum wurde gerade ein junges Mädchen von Soldaten geholt. Kurze Zeit später kam sie wieder. Ich habe mir über diesen Vorfall keine Gedanken gemacht. Etwa zwei Stunden später ging ein weiterer Soldat an uns vorbei ins Nebenzimmer und wollte dasselbe Mädchen mitnehmen. Da stellte sich ihm die Mutter in den Weg und wollte ihre Tochter zurückhalten. Nach kurzem Geschrei fiel ein Schuss. Der Soldat hatte das Mädchen erschossen. Darauf der Schrei der Mutter: »Erschießen Sie mich auch!« Und der Soldat tat es. Obwohl wir den Zwischenfall nur hatten hören können, war er für uns ein gewaltiger Schock.

Ich fühlte mich durch diese zwei Schüsse im Nebenzimmer wie mitverwundet.

Nach diesem Vorfall, der auch den anderen Soldaten im Hause nicht entgangen sein konnte, versuchte ich den Bewachern klar zu machen, dass sie uns aus der Stadt gehen lassen sollten, zumal es kleine Kinder gab, die zu versorgen waren. Nach langem Hin und Her durfte ich – wieder mit der Kleinen auf dem Rücken und hinter mir alle anderen – diese schreckliche Bleibe verlassen. Ich führte sie in Richtung Nordosten, um schnellstens aus der Stadt herauszukommen. Wir waren noch nicht weit, als wir bereits Flammen aus dem Haus schlagen sahen, in dem wir uns noch vor kurzem aufgehalten hatten. Dies war zu dieser Zeit eine der beliebtesten Methoden, die Spuren von Verbrechen zu beseitigen.

Wir kamen zum Rand der Stadt und fanden viele schon ausgeräumte Wohnungen von Bewohnern, die rechtzeitig in den Westen geflüchtet waren. Zwei Tage blieben wir hier. Als die Front weiter in Richtung Ratibor vorrückte, wagten wir die Rückkehr in die Stadt. Unterwegs begegneten wir aufgebrochenen und geplünderten Lebensmittelläden. In einem Laden gab es nur noch Speiseöl in grossen 15-Liter-Korbflaschen. Wir schleppten eine solche Flasche mehrere Kilometer unter größter Anstrengung mit uns. Wie sich herausstellen sollte, war das erbeutete Öl zusammen mit Kartoffeln für einige Wochen unsere wichtigste Nahrung. Die Kartoffeln fanden wir in dem von Bomben und Granaten unbeschädigten, aber von oben bis unten durchstöberten Haus.

Kriegsende

Ich habe mich nicht gleich als Jude zu erkennen gegeben: Ich musste nämlich feststellen, dass Juden bei den Russen und Ukrainern noch unbeliebter waren als bei den Polen. Im Haus hielten mich alle noch immer für einen Polen. Vielleicht hätte ich ihnen mit der Eröffnung, ich sei ein Jude, einen Schock versetzt. In dieser ersten Zeit, Januar und Februar 1945, war mir automatisch eine Schutzfunktion für die Hausbewohner zugefallen. Man hörte immer mehr von Vergewaltigungen in den Nachbarhäusern. Wenn unser Haus den Besuch sowjetischer Soldaten erhielt, war ich immer zur Stelle. Man konnte sie nämlich schon mit einer einfachen Uhr oder mit irgendeinem alkoholischen Getränk zufrieden stellen. Leider sind uns bald die Wertsachen ausgegangen. Als ich die »Gäste« nicht mehr beschenken konnte und die Frauen sich wieder nicht gezeigt hatten, musste ich selbst daran glauben und mit dem kommandierenden Unteroffizier zur Kaserne kommen.

Dort hatte man ernsthaft vor, mich als Polen in die Rote Armee einzuziehen. Ich blieb eine Nacht und sollte bereits am nächsten Tag eine Uniform bekommen. Ich wusste, es gab nur eine Rettung aus diesem Schlamassel: Alkohol. Aber wo konnte ich noch Alkohol auftreiben? Die ganze Nacht überlegte ich hin und her, bis mir eine vage Idee kam: Die Geschäfte mit alkoholhaltigen Getränken waren wohl bereits alle geplündert, aber es war zu prüfen, ob sich nicht in den Kellern dieser Läden weiterer Alkohol befand.

Ich suchte meinen ›Kidnapper‹, den Unteroffizier, auf und sagte ihm, ich wisse einen Ort, wo noch Schnaps zu vermuten sei. Wenn wir fündig würden, müsse er mich freilassen. Er stimmte meiner Bedingung zu. Wir verließen die Kaserne mit zwei weiteren Soldaten. Ich führte sie in ein Haus, in dem früher ein Getränkeladen war. Das Haus war leer, wahrscheinlich waren die ehemaligen Bewohner geflüchtet. Die Keller waren aufgebrochen und durchstöbert worden. Merkwürdigerweise fanden wir zwei Korbflaschen, wie man sie für Essig oder Öl benutzt. Keiner würde auf die Idee gekommen sein, in ihnen Alkohol zu vermuten. Doch mein ›Kidnapper‹ machte eine der Flaschen auf, roch zunächst und kostete dann den Inhalt. Als ich sein freudiges Lächeln sah, wurde mir schon heiß, ohne daß ich davon probiert hatte. Doch ich musste auch kosten. Keine Spur von Alkohol; lediglich konzentrierter Sirup, allenfalls zur Herstellung von Likör geeignet. Doch das störte den Offizier keineswegs, der den Inhalt für süßen Schnaps nahm. Ich überließ den Soldaten die zwei Flaschen und verschwand, ohne mich zu verabschieden.

Um nicht ein weiteres Mal in so eine Falle zu geraten, versteckte ich mich ein paar Tage bei Bekannten meiner Wirtin in einer Nebenstraße. Später erfuhr ich, dass ›mein‹ Unteroffizier am nächsten Tag von der Sowjetischen Kommandantur wegen Volltrunkenheit verhaftet worden war. Er wurde auch nie mehr gesehen. Dass Honig in großen Mengen betrunken macht, war mir bekannt, aber dass dies auch mit Sirup funktioniert, war mir neu.

Nachdem dieser Vorfall überstanden war, gab ich meiner Wirtin – und damit allen Bewohnern des Hauses – meine wahre Identität schließlich doch preis, ohne viel über meine früheren Erlebnisse zu erzählen. Wider Erwarten waren sie nicht überrascht; es war, als ob sie dies schon vermutet hätten.

Ein paar Tage später erzählte mir die Wirtin, dass sie mit dem Prälaten der katholischen Peter-Paul-Kirche gesprochen habe. Er würde mich gerne kennenlernen, ob er mich besuchen dürfe? Ich hatte um so weniger etwas dagegen einzuwenden, als ich wusste, dass er der Onkel der unglücklichen jungen Frau war, die beim Einmarsch der Sowjets dem sowjetischen Soldaten entgegengetreten und samt ihrer Mutter erschossen worden war. Ich nahm an, der Geistliche wolle auch von mir die Einzelheiten dieser Tragödie hören und ließ ihn kommen. Am darauf folgenden Tag besuchte er mich. Wir setzten uns gemeinsam mit meiner Wirtin zum Tee. Das Thema, das der Geistliche anschnitt, galt indes keineswegs seiner Nichte, sondern meiner Person. Über mein Befinden und Verhalten wusste er offensichtlich bestens Bescheid. Was ihn interessierte, war vor allem meine Einstellung zur Kirche.

Als ich keine negative Einstellung ihr gegenüber äußerte, versicherte er mir auf sehr direkte Weise, dass ich jetzt bei der Kirche am besten aufgehoben sei. Er wäre glücklich, mich in die katholische Religionsgemeinschaft aufzunehmen. Diese Wende hatte ich wirklich nicht erwartet.

Obwohl ich genügend Gegenargumente hätte anbringen können, reichten doch zwei Erklärungen vollkommen aus. Ich sagte: »Meine Familie, Mutter, Schwester, Stiefvater, Stiefbrüder und weitere Verwandte wurden allein wegen ihrer Religionszugehörigkeit nach Auschwitz deportiert, und ich habe nach allem, was ich bislang weiss, kaum Hoffnung, jemanden von ihnen wiederzusehen. Wie könnte ich diese Opfer so verraten? Und sollte ich doch noch einmal jemand meiner Familie wiedersehen – wie könnte ich ihnen dann noch in die Augen schauen?«

Der Pfarrer trank seinen Tee aus und verabschiedete sich. Ich hörte nie wieder von ihm.

Die Nachkriegsjahre

Überlebenskampf – Teil 2

Die endgültige Gewissheit

Das Kriegsende wurde täglich erwartet. Als der Tag offiziell verkündet wurde, gab es kaum sichtbare Reaktionen. Was ich vermisste, war eine Art Freudentaumel unter der Bevölkerung. Ich war der Ansicht, dass es keine glücklicheren Menschen mehr geben konnte.

Doch die einen trauerten um gefallene Angehörige, die anderen um den verlorenen Krieg, und der Rest leckte seine eigenen Wunden. Trotz einer Art Schicksalsgemeinschaft, in der wir alle – wenn auch in unterschiedlicher Art – getroffen und betroffen waren, blieb ich doch mit meinen Gefühlen und Gedanken einsam und allein.

Sobald es möglich war, machte ich mich auf den Weg in die Stadt, die zu meiner zweiten Heimat geworden war, nach Kattowitz. Ich suchte alle möglichen Anlaufstellen auf, stets auf der Suche nach meinen Angehörigen, nach Bekannten oder irgendwelchen Nachrichten. Mit einer Ausnahme: Die Schwelle des Hauses in der Mühlstrasse (Mlynska) 35, das wir 1939 verlassen hatten, konnte ich nicht überschreiten. Was mich daran hinderte, hätte ich damals nicht beantworten können. Heute weiß ich: Es war die Angst vor der Begegnung mit unechtem Mitleid. In diesem Punkte reagierte ich besonders sensibel.

Noch immer wollte und konnte ich der Wahrheit nicht in die Augen schauen. Ein kleiner Funken Hoffnung war noch nicht ganz erloschen. Erst die zweite Hälfte des Jahres 1945 mit seinen vielen Umherwandernden – darunter auch Überlebende aus dem Konzentrationslager Auschwitz, die ich befragen konnte – brachte mir die

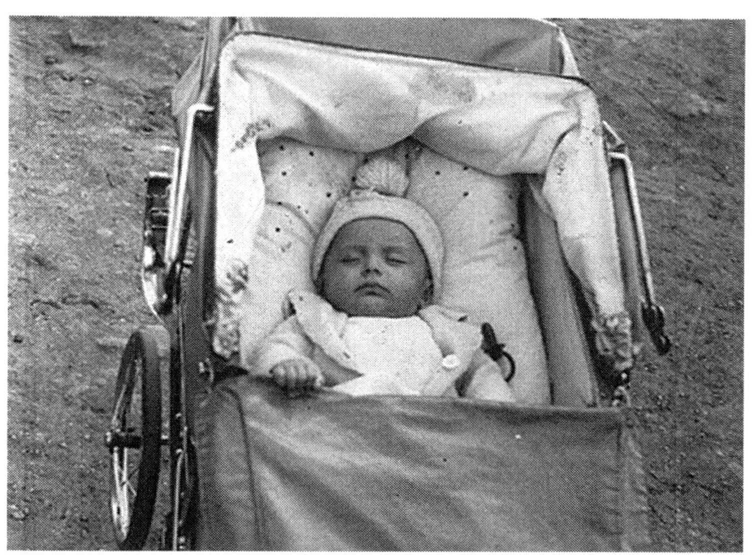

*Das einzige Foto meiner Schwester Hinia
im Mai 1934, vier Monate alt. (Abb. 14)*

endgültige Gewissheit, dass meine Eltern und meine
Schwester Hinia in Auschwitz ermordet worden waren.
Das gleiche Schicksal traf auch die zwei jüngsten Stiefbrüder sowie die Frau und Tochter meines Onkels Mendel.

Von den Nachkommen meiner Großeltern mütterlicherseits, der Familie Diamant, die in Polen lebte, sind
nur Onkel Mendel, der vertrieben wurde, und ich übrig
geblieben. Von der ganzen Familie Schwarz haben die
drei ältesten Geschwister in Arbeitslagern überlebt.

Von den allernächsten Familienangehörigen habe ich
17 Seelen zu beklagen. Nimmt man die Opfer unter den
Nachkommen der Geschwister meines Großvaters hinzu, sind es 63 Seelen.

Keines dieser Opfer hat ein Grab, an dem man das
Kaddisch-Gebet aufsagen könnte. Der Wind hat die Asche

aus den Krematorien über weites Land verteilt. Für mich ist dadurch halb Europa ein Friedhof.

Die Opfer: Familienangehörige mütterlicherseits

Verwandtschaftsgrad	Name	Todesort
Großmutter	Rachel	Belzec
Mutter	Natalia	Auschwitz
Schwester	Hinia	Auschwitz
Stiefvater	Pinkas	Auschwitz
Stiefbruder	Aaron	Auschwitz
Stiefbruder	Josef	Auschwitz
Tante, Mendels Frau	Malka	Auschwitz
Cousine, Mendels Tochter	Schulamit	Auschwitz
Tante	Rosa	Getto Krakau
Onkel, Rosas Mann	Pinkas	Getto Krakau
Cousin, Sohn von Rosa	Elieser	Belzec
Onkel	Leibisch	Belzec
Tante, Leibischs Frau	Ita	Belzec
Cousine, Tochter v. Leibisch	Sara	Belzec
Cousine, Tochter v. Leibisch	Chana	Belzec
Onkel	Josef	Belzec
Onkel	Abraham	Auschwitz

Diese lieben, unschuldigen Menschen, die von uns genommen wurden, waren stets in meinen Gedanken und Träumen gegenwärtig. Die Vorstellung ihrer Ermordung ließ keine Fröhlichkeit, keine Hoffnung mehr in mir aufkommen.

Auch als Onkel Mendel auf abenteuerliche Weise aus Sibirien zurückkehrte, wohin er verbannt worden war, fand ich mein Gleichgewicht nicht zurück. Er hatte seine Frau und einzige Tochter in Auschwitz verloren.

Die Katastrophe ereignete sich, als er weit vom Geschehen entfernt war, und die Nachrichten, die zu ihm durchsickerten, waren gerade in Hinsicht auf die Morde an den Juden spärlich. Sie wurden von den sowjetischen Machthabern offiziell gänzlich verschwiegen. Ich aber war im ›Auge‹ der Schoah gewesen, bin mit dem Leben davongekommen, aber nicht ohne tiefe Wunden.

Mein Onkel entwickelte bald nach seiner Rückkehr nach Kattowitz starke Initiativen, sein Leben von Neuem zu beginnen. Mich zog es nicht nach Kattowitz. Ich blieb auch, nachdem die Grenze des neuen Polen über Schlesien hinaus nach Westen bis an Oder und Neiße verschoben worden war, weiterhin in Gleiwitz bei Frau Wtorek wohnen. Irgendwie wirkte die Gleiwitzer Umgebung beruhigender auf mich als Kattowitz. Die Erklärung mag darin liegen, dass Gleiwitz sich mir im Unterbewusstsein als Ort des Sieges gegen die Nazis eingeprägt hatte, Kattowitz dagegen als ein Ort der Katastrophe.

Ich war in diesen ersten Monaten nach der Befreiung so deprimiert, dass ich nicht mal einen Antrieb spürte, Belas Schicksal zu erkunden. Ich vermutete sie – sollte sie die zweieinhalb Jahre überlebt haben – damals außerhalb der neuen Grenzen Polens. Nachdem Onkel Mendel meine Geschichte, insbesondere die über meine Freundin Bela, gehört hatte, versuchte er, sie ohne mein Wissen ausfindig zu machen.

Eines Tages ließ er mich, ohne mir den genauen Grund zu nennen, nach Kattowitz kommen. Dort angekommen, sagte er schlicht, im Nebenzimmer warte jemand auf mich. Als ich die Tür öffnete, stand ich vor Bela. Die Überraschung war groß, denn ich hatte nichts geahnt. Wir begrüßten uns mit Tränen der Freude und hatten uns viel zu erzählen, aber wenig zu sagen. Woran es lag, dass wir nicht an die Zeit von vor zweieinhalb Jahren anknüpfen konnten, weiß ich nicht. Hatte ich mich so verändert? Hatte sie sich so verändert? Oder hatten wir uns beide während unserer Trennung auseinander entwickelt?

Die Begegnung dauerte keine zwei Stunden. Wir äußerten in Gegenwart meines Onkels die Absicht, uns wieder zu treffen, ohne einen Termin zu nennen. Auch ihre Eltern sind in Auschwitz umgebracht worden. Ihre Schwester Malka überlebte glücklicherweise die Arbeitslager, so dass sie zusammen in ihrer Heimatstadt Chrzanow (Krenau) wohnen konnten. Als ich Anfang 1946 wieder Kontakt mit Bela aufnehmen wollte, erfuhr ich, dass die beiden Schwestern Polen verlassen hatten.

Verständlicherweise interessierte mich auch das Schicksal der Arbeitskollegen von damals. Besonders das von Zajasz, Morawiec und Meister Walczyk, die über meine Identität die ganze Zeit Bescheid gewusst hatten. Morawiec, der mit seiner Familie in der Nähe von Kattowitz wohnte, besuchte ich als Ersten und nur ein einziges Mal. Er und seine Frau waren sehr betroffen, als sie meinen Bericht hörten, insbesondere über das Schicksal meiner Familie. Erst bei diesem Besuch lernte ich ihn als einen aufrichtigen Sozialisten richtig kennen.

Mit Zajasz habe ich mich einige Male getroffen, auch bei ihm zu Hause in Auschwitz, wo er eine eigene Wohnung bezogen und eine Familie gegründet hatte. Mit ihm sollte ich noch länger Kontakt halten.

Meister Walczyk war am schwierigsten zu finden. Ich hatte nur die Straße und den Ort in der Nähe von Auschwitz, wo er wohnen sollte, erfahren können. Schließlich konnte ich mich am Ort durchfragen und fand das Haus. Ich traf ihn allein in der Wohnung an. Wir berichteten uns gegenseitig unsere Erlebnisse beim Einmarsch der Roten Armee und anläßlich der Befreiung. Auch ihm berichtete ich vom Schicksal meiner Familienangehörigen, die ich zu beklagen habe. Die ganze Zeit über wirkte er unruhig. Zum Schluss meines Besuches versuchte er – etwas unbeholfen – unsere Abmachung bezüglich des Arbeitsverhältnisses mir gegenüber irgendwie zu rechtfertigen. Ich schätze aus Angst – daher seine Unruhe – und vielleicht auch wegen eines schlechten Gewissens.

So sah ich mich gezwungen, ihn zu beruhigen und ihm zu versichern, es sei doch eine Abmachung zwischen uns beiden gewesen. »Ich bin froh«, sagte ich, »dass Sie sie strikt eingehalten haben. Sie brauchen sich deswegen keine Sorgen zu machen.« (Und einmal mehr beruhigte das Opfer den Täter.)

Ich fühlte mich nach diesem Besuch ganz unbefriedigt. Der Grund fiel mir erst eine ganze Weile später auf dem Rückweg ein. Walczyk hatte während unserer Unterhaltung kein einziges Mal danach gefragt, wie ich eigentlich fast zwei Jahre lang ohne Lohn hatte leben können. War er etwa auch der Meinung, dass alle Juden – gleich wo und gleich wie – immer reich sind? (Schön wär's!)

Übergangszeit

Das Leben rings um mich begann sich zu normalisieren. Eine provisorische polnische Regierung wurde gebildet, die in mancher Beziehung Hoffnungen auf einen persönlichen Neubeginn weckte. Verlage begannen zu produzieren. Der jahrelange Hunger nach dem guten, tröstenden und aufbauenden geschriebenen Wort konnte langsam wieder gestillt werden.

Eine Völkerwanderung war bereits im Gange. Viele Einwohner der polnischen Ostgebiete, die an die Sowjetunion gefallen waren, verließen ihre Heimat und wanderten nach Westen, in die bisher deutschen Ostgebiete, die nun an die Polen gefallen waren. Darunter fast alle Juden, die die Naziherrschaft überlebt hatten. Sogar die Technische Hochschule aus Lemberg samt dem Lehrkörper, den Professoren oder was noch davon übrig geblieben war, wanderte aus und ließ sich in Gleiwitz in Gebäuden der ehemaligen Maschinenbauschule und anderen geeigneten Häusern nieder. Schon 1946 begann dort ein geregelter Studienbetrieb.

Alle diese Erscheinungen und Vorkommnisse beeinflussten mich kaum. Aber eine neue Zeitschrift mit dem Titel »Orion« riss mich aus der Lethargie. Sie beschäftigte sich mehr populär als wissenschaftlich mit Astronomie und Astrophysik. Dort fand ich die Antwort auf zwei Fragen, die ich mir nie bewusst gestellt hatte, die jedoch im Unterbewusstsein auf den richtigen Moment gelauert hatten: Erstens »Was will ich?«, und zweitens »Was ist zu tun?« Auf die erste Frage fand ich die Antwort: »Da mich die Erde so enttäuscht hat, möchte ich am liebsten den Planeten wechseln.« Die Antwort auf die zweite Frage lautete: »Astronaut werden.« Das habe ich durchaus ernst überlegt.

Ich suchte einen meiner ehemaligen Lehrer für Physik und Chemie auf, den ich in meiner Schulzeit sehr schätzte, und ließ mich von ihm beraten. Auf meine Frage, was ich studieren müsse, um Astronaut zu werden, sagte Professor Tylek: »Elektrotechnik an der Technischen Hochschule.« Seit diesem Gespräch gab es für mich nur noch ein Ziel: auf der Technischen Hochschule in Gleiwitz Elektrotechnik zu studieren.

Die ersten Hürden auf dem Weg zu diesem Ziel zeigten sich bald. Da waren diverse Formalitäten, beginnend bei meinem Namen. Den trug ich seit 1943; und da er mir zu überleben geholfen hatte, hatte ich ihn kurz zuvor vom zuständigen Gericht legalisieren lassen. Nun galt es, alte Dokumente wie Schulabschlusszeugnisse zu beschaffen, was sich als äußerst schwierig erwies. Nicht alle Archive – oder was davon noch übrig geblieben war – waren schon zugänglich.

Es zeigte sich, dass viele Studienplatzbewerber ähnliche Probleme hatten. So führten die zuständigen Hochschulbehörden für alle Bewerber eine Vorprüfung ein, genannt »Konkursprüfung«. Sie war die erste Bedingung für die Studienzulassung; gleichgültig, ob der Bewerber gute oder weniger gute, frische oder alte Abschlusszeugnisse von Gymnasium oder Mittelschule vorweisen konnte.

Diese »Konkursprüfung« hatte offiziell zwei Aufgaben: erstens eine Art Wiederholung der Abiturprüfungen, zweitens die Selektion der Bewerber nach Notenkriterien, denn es gab mehr Kandidaten als freie Studienplätze. Die dritte, inoffizielle Aufgabe der Prüfungen war, auf den sozialen Status der Studienbewerber zu achten und solchen aus Bauern- und Arbeiterfamilien Vorrang zu geben.

Dies alles schreckte mich nicht ab. Ich war entschlossen, mich den neuen Prüfungen zu stellen.

Wieder suchte ich meinen Lehrer Professor Tylek auf. Gemeinsam arbeiteten wir einen Plan für eine private Repetition der drei wichtigsten Fächer Mathematik, Physik und Chemie zur Vorbereitung auf die »Konkursprüfung« aus. Wir begannen auch unverzüglich und intensiv mit dieser Arbeit.

Wie selbstverständlich hat auch hier mein Onkel, wie schon oft vor dem Krieg in anderen Fällen, die Kosten übernommen. In der Zwischenzeit hatte er sich stark beim Organisieren und Wiederaufbau der jüdischen Gemeinde in Kattowitz engagiert. Unter anderem übernahm er die Aufgabe, für das kommende Pessachfest der kleinen Gemeinde Mazzot herzustellen. Er tat in Breslau eine Bäckerei auf, die für diesen Zweck entsprechend hergerichtet wurde. Er besorgte einwandfreien Weizen, den er unter eigener Aufsicht mahlen ließ, und nahm mich als Hilfe nach Breslau mit. Meine Aufgabe bestand in der Einstellung von 10 bis 15 jungen Leuten, die den Teig aus Mehl und Wasser unter Anleitung aufbereiten, in gleichmäßige Stücke teilen, die Teigstücke zu Mazzen ausrollen und unmittelbar danach in den Ofen schieben sollten.

Die erforderlichen jungen Leute fand ich in der neu entstandenen jüdischen Gemeinde. Eine Woche lang verließ ich die Bäckerei nur zum Schlafen in einer nahen Pension. Das Ergebnis waren mehrere 100 Kilo Mazzot, mit denen 1946 die Breslauer und Kattowitzer Juden versorgt wurden.

Auch in seiner Privatsphäre zeigte mein Onkel große Aktivität. Er lernte eine junge Frau aus seiner Heimat (Frysztak nahe Strzyzow) kennen, die den Krieg in Ungarn überlebt hatte. Kurz darauf heiratete er sie. Wenn ich mich nicht irre, war das die erste jüdische Hochzeit nach dem Krieg in Kattowitz.

Die Vorbereitung für die Aufnahmeprüfung an der Technischen Hochschule dauerte bis Anfang 1947. Die Prüfungen wurden noch vor Semesterschluss angesetzt. Es standen insgesamt 200 Studienplätze zur Verfügung; mehr als doppelt so viele Bewerber hatten sich angemeldet. Die erste Prüfung galt der Physik, an ihr nahmen alle Bewerber gleichzeitig in mehreren Sälen teil.

Am Tag darauf konnte man bereits aus der ausgehängten Liste erfahren, ob man diese Prüfung – ohne Angabe der Note – bestanden hatte und damit zur zweiten Prüfung überhaupt zugelassen war. Die Liste war stark reduziert, aber mein Name stand darauf.

Die zweite Prüfung galt der Mathematik. Nachdem

ich auch diese bestanden hatte, machte ich mir über die kommende Prüfung in Chemie keine Sorgen mehr. Aber es kam ganz anders. Offensichtlich war die Zahl der Zugelassenen schon so geschrumpft, dass die Prüfungskommission auf die Chemieprüfung verzichtete und statt dessen eine nicht angekündigte Prüfung in Geschichte und Sozialkunde ansetzte.

Trotz der leichten Panik, die diese Änderung unter den Bewerbern hervorrief, ließen alle diese Prüfung über sich ergehen. Wenn ich über sie ausführlicher berichte, dann um zu zeigen, dass in diesem Falle nicht das Wissen der Bewerber interessierte, sondern ihre Ansichten und ihre Gesinnung ermittelt werden sollten.

Das war natürlich nicht schwer zu erahnen, aber viele täuschten sich, indem sie glaubten, auf direkte Fragen antworten zu können. Fast alle Fragen waren nur halb durchsichtige Fallen.

Wir wurden einzeln in einen Raum gerufen, in dem die Prüfungskommission, die aus fast allen Professoren bestand, an drei großen, an der Stirnwand angeordneten Tischen versammelt war. In der Mitte als Vorsitzender der damalige Woiwode Zawadzki (Präsident der Woiwodschaft in Oberschlesien), der die Fragen stellte. Diesen Männern gegenüber – eine Frau war nicht darunter – saß einsam in der Mitte der ersten Stuhlreihe der Prüfling, dessen Rolle eher die eines Delinquenten war, eines Angeklagten in einem Gerichtsaal ohne Zuschauer, dafür aber mit vielen Richtern.

Für mich war es die kürzeste Prüfung, die ich je abgelegt habe. Nachdem ich mit einem »Guten Tag« den Raum betreten und den vorgesehenen Platz eingenommen hatte, sagte der Vorsitzende: »Asnyk bildete in einem seiner Gedichte folgenden Satz: *Verlebte Gestalten kann kein Wunder wieder existenzfähig machen.* Wie verstehen Sie diesen Satz?«

Ich begriff sofort, was er hören wollte, und meine
Antwort kam wie aus der Pistole geschossen: »Die verlebte Gestalt ist der Kapitalismus, und kein Wunder kann
ihn wieder beleben.«

Dem Vorsitzenden reichte meine Antwort vollkommen aus; er bedankte sich, und ich wurde mit einem
Nicken entlassen, das als positiver Bescheid zu verstehen
war. Noch während ich meine Sachen packte, entbrannte
eine heiße Diskussion zwischen den anwesenden Professoren und dem Vorsitzenden, denn diese waren ganz anderer Meinung, wie dieses Gedicht zu deuten sei, und
beriefen sich auf den Rest des Textes, den ich natürlich
nicht kannte. Aber mich betraf das nicht mehr, ich hatte
bereits bestanden. Und so wurde ich denn Student der
Technischen Hochschule in Gleiwitz.

Studienzeit

Gleich zu Beginn der Vorlesungen wurde ich besonders
vom Fachbereich »Höhere Mathematik« eingenommen.
Wir hatten in der Mathematik-Fakultät Professor Kalin-
ski aus Lemberg, damals der einzige Jude im gesamten
Lehrkörper der Hochschule. Die Art seiner Vorlesungen
faszinierte mich. Ein Mann um die fünfzig, makellos ge-
kleidet. Mit ausnehmender Würde begann er ohne jegliche Vorlage, mit Kreide die viergeteilten Tafeln zu be-
schreiben, wobei jede Ziffer, jedes Zeichen deutlich und
ohne Hast synchron zum Geschriebenen ausgesprochen
und mit notwendigen Pausen für die Zuhörer versehen
wurde. Die mehrzeiligen mathematischen Formeln sahen
aus, als würden ihnen durch diesen Mann Seelen einge-
haucht und sie so in die Lage versetzt, ein Eigenleben zu
führen.

Diesem Mann habe ich es zu verdanken, dass mir das Fach ziemlich leicht fiel. Das hatte zur Folge, dass man mir bereits im zweiten Jahr eine Assistenten-Stelle in dieser Fakultät anbot. Ich nahm das Angebot um so lieber an, weil ich doch bis dahin auf die Unterstützung meines Onkels angewiesen war. Da das frisch verheiratete Paar das Land zu verlassen plante, um nach Israel, in den sich gerade bildenden Judenstaat, auszuwandern, benötigte er sein Geld selbst.

Das Gehalt eines jüngeren Assistenten war zwar sehr bescheiden, aber ich konnte mir ein besseres Zimmer in einer schöneren Gegend mieten, wo bereits ein Mitkommilitone wohnte. Zu dieser Zeit nahm ich Kontakt zu meinen zwei anderen, in Palästina lebenden Onkeln Jakob (aus Berlin) und Akiba auf. Letzterer war noch als Pionier (Chaluz) Anfang der dreißiger Jahre in einen Kibbuz ausgewandert. Dieser Kontakt blieb nicht ohne Folgen. Denn nachdem mein Onkel Mendel mit seiner Frau tatsächlich Kattowitz verlassen hatte, blieb ich wieder ohne Verwandte in Polen. Zunehmend regte sich deshalb in mir – insbesondere nach der Gründung des Staates Israel im Mai 1948 – der Wunsch, zu meinen letzten und einzigen Verwandten nach Israel zu ziehen. Ich war dafür sogar bereit, mein Studium abzubrechen und es in Israel fortzusetzen – jedoch auf legalem Wege, das heisst mit Genehmigung des polnischen Staates. So stellte ich einen entsprechenden Ausreise-Antrag an die Warschauer Behörden. Das Ergebnis war eine Absage ohne Begründung. So setzte ich mein Studium und meine Arbeit – inzwischen war ich Oberassistent – fort, wobei das Interesse an der Astronautik allmählich in den Hintergrund trat.

Als Spezialisierung wählte ich die Hochspannungstechnik, zu der auch die über hunderte von Kilometern verlaufenden Hochspannungsnetze gehörten. Ich kann heute nicht mit Sicherheit sagen, aus welchem Grund ich mich hierfür entschieden habe. Wenn dahinter der verborgene Wunsch zu sehen wäre, mich so weit wie möglich von der Erdoberfläche zu entfernen – wie abstrus!

1951 bekam ich im Rahmen meiner Vordiplom-Arbeit die Aufgabe, ein bestimmtes Hochspannungsnetz samt Wasserkraftwerk in Südpolen (Galizien) zu untersuchen.

Auf der Reise dorthin kam ich durch zwei kleine Orte, die mir von früher aus Erzählungen und aus der Literatur als jüdische Städtchen bekannt waren. Da ich dort ohnehin umsteigen musste, nutzte ich die Wartezeit und besuchte den Stadtkern um den Marktplatz. Es war das erste Mal nach dem Kriege, dass ich ein Gebiet östlich von Kattowitz betrat. Ich wusste, dass mich ein anderes Bild erwartete. Aber was ich zu sehen bekam, war so trostlos, so hoffnungslos und so leer, daß ich die Vorstellung nicht unterdrücken konnte, es sei hier zu neuerlichen Verfolgungen und Pogromen gekommen. Es wirkte alles so negativ auf mich, dass ich damals stark mit mir kämpfen musste, um nicht alles abzubrechen. Erst 32 Jahre später betrat ich diese Gebiete wieder, um meine Frau auch optisch mit meinen »roots« bekannt zu machen.

Ende 1951 beendete ich die Vorlesungszeit und begann mit meiner Diplomarbeit.

Im Januar 1952 nahm mich meine Zimmervermieterin, Frau Kaminski, auf eine Party mit. Dort lernte ich ihre Arbeitskollegin Ina kennen. Frauenbekanntschaften hatten mich merkwürdigerweise die ganze Studienzeit über nicht interessiert. Ich war so mit dem Studium und der Aufarbeitung der Vergangenheit beschäftigt, dass für solche Gedanken gar kein Platz war, und ich nahm mir auch keine Zeit für entsprechende Gelegenheiten.

Auch spielte eine Rolle, dass ich mir nicht vorstellen

konnte, mit einer Nichtjüdin eine Verbindung einzugehen
– obwohl ich doch so viele Jahre mit Nichtjuden zu tun
gehabt hatte.

Die Bekanntschaft mit Ina aber gab mir Gelegenheit,
ein persönliches Gespräch zu führen, das über die üblichen Floskeln weit hinausging, zumal ich ihre Gesinnung
und ihre Ansichten auch zu damals noch allgemein tabui-
sierten Themen kennenlernen konnte. Sie stammte aus
dem polnischen Oberschlesien und sprach ein einwand-
freies Polnisch, was bei den Oberschlesiern ganz selten
war. Auf jeden Fall machte Ina auf mich einen sehr positi-
ven Eindruck und wirkte auf mich auch sehr anziehend.
Ich beschloss, den Kontakt zu ihr aufrecht zu erhalten.
Sie war es dann auch, die meine Diplomarbeit, die ich
bald fertig hatte, ins Reine tippte. Sie musste wohl auch
der Hauptgrund dafür gewesen sein, dass bei mir das
Interesse für die Astronautik gänzlich schwand.

Die Diplomprüfung und die Verteidigung der Diplomarbeit fanden am 25.6.1952 statt. Meine Gesamtnote war
»sehr gut«. Wie es damals bei Absolventen der Hochschule mit guten Abschlüssen üblich war, erhielt auch ich
prompt eine Arbeitszuweisung als Dozent an die Militärakademie in Tarnow. Andere hätten das sicher als Aus-
zeichnung verstanden – für mich war es ein unannehm-
bares Angebot. Nach allem, was geschehen war, nun in
der Friedenszeit in ein militärisches Milieu eintreten, womöglich noch in Uniform, und vielleicht sogar mit Waf-
fen Bekanntschaft machen zu müssen! Ich, der ich den
ganzen Krieg über nie eine Feuerwaffe in der Hand gehalten, geschweige denn benutzt hatte! Nein, so hatte ich
mir den Neubeginn nicht vorgestellt.

Erster Neubeginn

Ich befand mich in einem großen Dilemma. Auch Ina, mittlerweile mit mir befreundet, schmeckte meine berufliche Aussicht nicht besonders. Wir sahen nur eine Möglichkeit: einen ebenso starken und anerkannten »Arbeitgeber« wie die Militärakademie zu finden, eine Firma oder ein Institut, welche bereit wären, mich bei der Zuweisungsstelle für Arbeit mit entsprechender Begründung als gesuchten Spezialisten anzufordern.

Der Zufall (?) wollte es, dass meine Freundin durch ihre berufliche Tätigkeit bei einer zentralen Einkaufsstelle diverse Institute mit technischen Mitteln zu versorgen hatte. Darunter war auch das Projektierungsbüro »Erg« in Kattowitz für die chemische Industrie. Als sich herausstellte, dass dieses Unternehmen wegen Rüstungsaufgaben den erforderlichen Status besaß, Arbeitskräfte aus den Hochschulen anfordern zu können, bedurfte es nur noch des Verhandlungsgeschicks meiner Freundin. Das Projektierungsbüro sollte zusätzlich zur bestellten Ausstattung der Arbeitsräume auch gleich einen Diplom-Ingenieur anfordern, der direkt von der Hochschule kam – mich nämlich.

Zu aller Zufriedenheit hat es geklappt. Ich konnte mir keine bessere Firma wünschen und die Firma – da bin ich mir sicher – sich keinen besseren Mitarbeiter.

Damit begann ein neues Leben für mich. Um es perfekt zu machen, schlossen wir, Ina und ich, im Dezember 1952 im Standesamt von Gleiwitz den Ehebund.

Anfang 1953 bezogen wir eine neue Wohnung in einer Kattowitzer Siedlung, die uns von meiner Firma zugewiesen wurde. 1954 kam unsere erste Tochter Susanne zu Welt. Bis dahin war meine Frau noch voll berufstätig gewesen, danach war nur eine Teilzeitbeschäftigung möglich. Die Einkommen waren allgemein sehr klein. Es war daher üblich, neben der Hauptbeschäftigung eine oder sogar mehrere zusätzliche Einkommensquellen zu haben. Obwohl ich in der Zwischenzeit als Leiter der Projektabteilung für elektrische Anlagen voll ausgelastet war, verdingte ich mich in meiner verbliebenen Freizeit an der Abendingenieurschule in Kattowitz für Vorlesungen in den Fächern Mathematik und Theoretische Elektrotechnik. Darüber hinaus prüfte ich Konstruktionszeichnungen eines anderen Projektierungsbüros bei mir zu Hause, oft bis spät in die Nacht hinein. Alle diese Bemühungen reichten aber für nicht mehr als den Unterhalt der Familie.

Als 1956 die zweite Tochter Barbara geboren wurde, konnte sich meine Frau nur noch den Kindern widmen. Die Versorgung der Familie wurde dadurch noch anstrengender.

Aber auch die politische Lage gab vielerlei Anlaß zur Kritik. Statt der versprochenen und dauernd gepriesenen Freiheit des Bürgers gab es einen latenten und sichtbaren dauernden Druck auf den Einzelnen – sei es durch Berieselung mit Partei- und Regierungsdoktrinen oder durch einseitige Informationen. Ganz besonders schlimm war die lancierte Anfeindung gegenüber allem, was den Westen betraf, einschließlich der dort lebenden Verwandten. Ich hatte schon damals Kontakt mit meinen beiden Stiefbrüdern, die nach der Befreiung durch die Amerikaner schließlich in New York gelandet waren, sowie mit meinen beiden Onkeln in Israel. Dieser Kontakt wurde aber vom herrschenden politischen System in Polen zunehmend erschwert. Nicht nur ich, auch meine Frau hegte deshalb die Hoffnung, das Land und das System einmal verlassen zu können. Zwei Vorfälle beschleunigten die Verwirklichung dieser Hoffnung.

Jedes polnische staatliche Unternehmen hatte eine

kommunistische Parteizelle, die neben politischen auch
Kontrollaufgaben hatte. Der damalige Parteisekretär war
ein ehemaliger Kommilitone vom anderen Studienbereich,
ein gewisser Wysocki. Eines Tages wurde ich von ihm zu
einem Gespräch gerufen. Dabei wies er mich auf eine
angebliche Unkorrektheit in meinen Personalakten hin.

»Sie haben in Ihrem Personalbogen in der Rubrik
Religion ›mosaischer Glaube‹ und in der Rubrik Natio-
nalität ›polnisch‹ eingetragen. Das ist aber nicht korrekt.«
Auf meine erstaunte Frage, weshalb dies nicht korrekt
sein solle, klärte er mich auf: »Weil ein Pole kein Jude ist,
er kann nur Christ sein.«

Ich habe mit ihm darüber nicht weiter diskutiert, denn
dies war nicht seine Erfindung, sondern kam von ganz
oben. Wenn ich bis dahin noch Zweifel gehabt hatte, so
wurde mir spätestens jetzt klar, dass der in Polen existie-
rende Antijudaismus bereits die ganze Parteispitze erreicht hatte.

Dieser Vorfall, die mysteriösen Regierungswechsel in
Polen und insbesondere die Vorgänge in Ungarn 1956
verstärkten zunehmend unsere Unzufriedenheit. Es fehlte nur noch ein Tropfen, der das Faß zum Überlaufen
brachte. Und der kam aus dem Radio.

In Israel tobte gerade der Suez-Krieg. Ich bemühte
mich allabendlich, mit meinem bescheidenen Radioempf-
fänger direkte Nachrichten aus Israel hereinzubekom-
men. An diesem Abend erreichte ich mit Leichtigkeit
»Kol Israel« (Stimme Israels). Ich hörte gerade eine Mit-
teilung, deren Anfang ich verpasst hatte, die aber dem
Sinne nach so zu verstehen war: »...wir haben sehr viele
Verwundete, es fehlen Blutkonserven, wir bitten um Blut-
spenden!«

Dies berichtete ich meiner Frau und fragte: »Glaubst
Du, dass man hier für Israel Blut spenden kann?« »Wohl

kaum, am besten fahren wir gleich selber hin«, war ihre
Antwort. Es war ihr voller Ernst gewesen. Und das war
für uns beide der berühmte Tropfen.

Gleich am nächsten Tag unternahm ich die ersten
Schritte für unsere Auswanderung nach Israel. Ich unterrichtete zunächst meinen Direktor Peszor, mit dem ich
mich seit der Einstellung gut verstanden hatte. Ich fand
sogar Verständnis für meine Entscheidung. Um eine Rei-
segenehmigung für mich und die Familie zu bekommen,
musste ich zunächst die Arbeit kündigen, die Wohnung
abgeben, auf die polnische Staatsangehörigkeit verzichten
und diverse Erklärungen abgeben. Letzteres machte mir
die größten Sorgen. Denn es hieß, als Geheimnisträger
eingestufte Personen lasse man nicht ausreisen. Und natürlich musste ich nach Warschau zur israelischen Botschaft fahren, um den dort gestellten Bedingungen für
eine Einreise gerecht zu werden.

Alle diese Vorbereitungen dauerten mehrere Monate.
Mein Direktor wusste, was bei mir auf dem Spiel stand
und hat mich anständigerweise nicht zum großen Geheimnisträger erklärt, so dass wir im März 1957 unsere
Ausreisedokumente beisammen hatten.

Der Suez-Krieg war schon längst zu Ende, als wir am
10. April in Stettin ein Schiff betraten, das uns zunächst
nach Le Havre brachte. Von dort sollten wir mit dem Zug
nach Marseille fahren. Da brach bei der französischen
Bahn ein Streik aus. Wir mussten alle einen mehrtägigen
Zwischenaufenthalt – gerade zur Pessachzeit – hinneh-
men, bevor wir in Marseille das Schiff nach Haifa nehmen
konnten. Es legte am 1. Mai 1957 im Hafen von Haifa an.
Das Heilige Land betreten konnten wir jedoch erst am 2.
Mai, denn auch in Israel wurde der 1. Mai groß gefeiert.

Zweiter Neubeginn

Es war ein seltsames Gefühl, das ersehnte »Erez Israel« zum ersten Mal zu erleben. Kaum ausgeladen, wurden wir mit vielen anderen in Busse verfrachtet und auf verschiedene Teile des Landes verteilt. Wir kamen in eine Aufnahmesiedlung für Einwanderer in Herzlija, wo wir in einer unserer Familie zugeteilten Wohnbaracke bereits von Damen der WIZO (Women International Zionist Organisation) mit Erfrischungen aus Zitrusfrüchten erwartet wurden. Am nächsten Morgen suchte ich meinen Onkel Akiba in Givatajim bei Tel Aviv auf. Ich hatte ihn vor 23 Jahren das letzte Mal gesehen. Von diesem Augenblick an fühlte ich mich wieder frei und zu Hause.

Noch am gleichen Tag erhielt ich bei der Sochnut-Agentur eine vorläufige Unterkunft für die ganze Familie in einem Hotel in Tel-Aviv, wie sie mir aufgrund meines Berufes zustand. Mein Onkel nahm seinen einzigen Lastwagen, den er auch geschäftlich nutzte, und wir holten meine Frau und die Kinder aus der Wohnbaracke in Herzlija ab. Tel Aviv mit seinen niedrigen Häusern im Bauhausstil machte auf mich einen überwältigenden Eindruck. Und die Tatsache, dass man in ein beliebiges Geschäft gehen konnte, wo alles zu haben war, ohne dass man in langen Schlangen anstehen musste, war für meine Frau und mich ein echtes Wunder. Das war uns schon so fremd geworden. Nun begann für uns wirklich ein neues Leben.

Das Allerwichtigste war für mich das Erlernen der hebräischen Umgangssprache. Ich konnte zwar Hebräisch lesen, aber nicht gut sprechen. So besuchte ich zunächst eine Sprachenschule, »Ulpan« genannt. Gleichzeitig bemühte ich mich um eine Arbeitsstelle, möglichst in meinem Beruf. Das war schwieriger als ich dachte. Ich musste erst lernen, was Emigration – denn darum handelte es sich letztlich – in freies Land bedeutet. Dass man nichts zugewiesen bekam, dass man sich selbst bewerben musste und dass in diesem System der Einzelne tatsächlich alles für sich selbst entscheiden muss.

Aber es zeigte sich auch, dass man sich an gute Eigenschaften eines Systems schnell gewöhnen kann. Es dauerte nicht lange, bis ich eine halbwegs passende Arbeit gefunden hatte. Wir bekamen eine Wohnung in einer neuen Siedlung (für »Spezialisten«) in Holon bei Tel Aviv.

Mit Hilfe meiner Verwandten konnte ich die Wohnung durch eine entsprechende Anzahlung und monatliche Abzahlungen als Eigentum erwerben. Die dreijährige Tochter Schoschana (Susanne) besuchte bereits den Kindergarten, und alle gemeinsam konnten wir einmal in der Woche den nur drei Kilometer entfernten Badestrand am Mittelmeer genießen. Wir waren noch im gleichen Jahr voll integriert.

Etwa ein Jahr darauf wechselte ich meine Arbeit und nahm eine Beschäftigung in meinem zweiten Beruf als Lehrer in der ORT-Schule für Technik in Givatajim bei Tel-Aviv auf. Ich unterrichtete die Fächer Mathematik und Elektrotechnik; im folgendem Schuljahr kam noch der Kühlungsbereich samt deren Abteilungsleitung hinzu. (Abb. 15) Obwohl unsere Ausgaben für den Lebensunterhalt nicht groß waren, konnten wir mit meinem Gehalt nur schwer auskommen. Ich verschaffte mir also, wie in Polen, Zusatzjobs. Ich begann in einer religiösen Mittelschule Mathematik und Technisches Zeichnen zu unterrichten und in einer Abend-Ingenieurschule Elektrotechnik zu lehren.

Unser Verhältnis zu meinen beiden Onkeln und ihren Familien war von Anfang an ausgezeichnet. Wir wurden von allen Verwandten gern gesehen, und nachdem wir die

Wohnung bezogen hatten, besuchten wir uns auch gegenseitig. Onkel Mendel wohnte mit seiner Frau und Tochter Hanna, die in Israel zur Welt gekommen war, in Abu Kabir in der Nähe, auf dem Weg nach Tel Aviv. Bei ihm waren wir samstags besonders oft zu Gast, wenn wir nicht gerade des schönen Wetters wegen am Strand weilten.

Bei Onkel Jakob, der in Tel-Aviv wohnte, stieß ich neben dem schon erwähnten einzigen Foto meiner Eltern (Abb. 3) noch auf andere Fotos. Sie zeigten die Großelternfamilie (Abb. 2), meine Mutter als Mädchen (Abb. 4) und mich als Chederjungen (Abb. 5) – alles Fotos, die ich dort zum ersten Mal in die Hand bekam und die als Erinnerungshilfen eine entscheidende Rolle spielten. Es blieb daher nicht aus, dass ich begann, nach Verwandten meines Vaters zu suchen. Ich rief einfach alle Personen an, die »Großkopf« hießen und fragte sie nach ihrer Herkunft. Mit dieser Methode hatte ich aber keinen Erfolg.

Ohne Probleme dagegen verlief die Suche nach meiner ehemaligen Freundin Bela. Ich vermutete sie in Israel. Durch Bekannte aus Krenau erfuhr ich ihre Adresse in einem kleinen Ort neben Tel Aviv, und nach telefonischer Anmeldung besuchten wir sie. Es war für mich eine besonders freudige Überraschung, sie im Schoße ihrer Familie glücklich wiederzusehen. Sie und ihr Mann hatten wie wir zwei Töchter, die etwas älter waren als unsere. Immer hatte ich wegen Bela ein schlechtes Gewissen gehabt. Nun beruhigte es sich vollkommen, und ich konnte wirklich beginnen, etwas mehr an mich selbst und meine Familie zu denken.

Wir hatten natürlich noch viele Bedürfnisse, die gestillt werden wollten. Eine entsprechende Wohnungseinrichtung und der seit vielen Jahren fehlende längere Erholungsurlaub standen ganz obenan. Letzterer war um so

*Aus der Lehrer- und Erziehertätigkeit in Israel. Abschluß-
foto der betreuten Absolventenklasse, ORT in Gywataim,
1960. (Abb. 15)*

notwendiger, als mir – im Gegensatz zu meiner Frau, die
sich in diesem Klima sehr wohl fühlte – das Mittelmeer-
klima um Tel Aviv nicht gut tat.

Ich litt mehrmals im Jahr an Erkältung und dem sogenannten Hexenschuss (Lumbago), was mich sehr behinder-
te. Wir begannen daher an einen Klimawechsel zu denken.
Ich hatte ja brieflichen Kontakt mit meinen Stiefbrüdern in
New York und glaubte, es dort noch einmal versuchen zu
sollen. Bei der amerikanischen Botschaft erfuhren wir, dass
die Aufnahmequote für aus Polen stammende Einreisewil-
lige für die nächsten fünf Jahre erschöpft war. Trotzdem
stellten wir für alle Fälle einen Einreiseantrag.

Um die Wartezeit nicht nutzlos verstreichen zu lassen,
beschlossen wir, dass ich mich in den Schulferien in der
Bundesrepublik Deutschland umschauen sollte. Vielleicht
würden wir dort einen Teil der Wartezeit verbringen können. Eine Schwester meiner Frau hatte ihren Wohnsitz
von Gleiwitz nach Hagen in Nordrhein-Westfalen ver-
legt, so dass mir ein ›Stützpunkt‹ dort einigermaßen sicher
war. Im Juni 1961 reiste ich wie geplant in die BRD.

Zu dieser Zeit war der Wirtschaftsaufschwung in der
Bundesrepublik in vollem Gange. Das machte sich schon
durch viele Stellenangebote in der Presse bemerkbar, die
alle möglichen Wirtschaftsbereiche betrafen. Einige An-
gebote waren auf mich und meinen Beruf wie zugeschnit-
ten. Ich konnte der Verlockung nicht widerstehen und
bewarb mich bei drei Firmen: bei einer mit Sitz in Frankfurt, der anderen in Berlin und der dritten in Stuttgart. Es
kam zu Vorstellungsgesprächen in Frankfurt und Stuttgart, und ich entschied mich für die Firma AEG in Stuttgart, wo ich als Entwicklungsingenieur in der Transfor-
matoren-Fabrik mit Forschungsaufgaben im Hochspan-
nungslabor betraut wurde.

Die Erledigung der Formalitäten für meinen Aufenthalt und die Arbeitserlaubnis bereiteten keine Schwierigkeiten. Ich gehörte ja dem deutschen Kulturbereich mit allen Konsequenzen – Sprache, Ausbildung, Wohnort bis 1945 – nach dem Gesetz an. Es galt also, den nächsten Schritt zu machen und die Familie nachkommen zu lassen.

Zur gleichen Zeit begann am 13. Juli in Berlin der Bau der Mauer, dieses traurige Kapitel Nachkriegsdeutschlands. Ich war daher froh, dass ich mich nicht für Berlin entschieden hatte, denn schon die Nähe der Unfreiheit wirkte beängstigend auf mich.

Meine Verwandten in Israel waren freilich nicht gerade glücklich, als sie unser Vorhaben zur Kenntnis nehmen mussten. Aber sie kannten die Gründe und wussten, dass unsere Verbundenheit mit Israel untrennbar war – wo immer wir auch leben würden. Meine Frau hatte keine besonderen Schwierigkeiten zu erwarten, weder bei der Ausreise noch bei der Einreise in die BRD, da ich schon alles Nötige vorbereitet hatte. Lediglich unsere Kinder – Susanne besuchte bereits die zweite Schulklasse, Barbara ging noch in den Kindergarten und beide sprachen hebräisch – mußten auf eine neue Sprache vorbereitet werden, was meine Frau mit großem Erfolg übernahm. Als sie im November 1961 am Flughafen in München landeten, konnten mich die Kinder bereits mit dem Satz begrüssen: »Schalom Vati! Ich freue mich, dich wiederzusehen…«

Meine Frau nahm die Kinder vorläufig nach Hagen und hielt sich in der Nähe ihrer Schwester auf. Noch in derselben Woche wurde Susanne eingeschult; einige Tage später konnte uns ihre Lehrerin bereits sagen, dass unsere Tochter gut mitkomme und wir uns ihretwegen keine Sorgen zu machen brauchten. Als ich eine ausreichend große Wohnung mieten konnte, holte ich meine Familie nach Stuttgart. Es begann – wieder – ein neuer Lebensabschnitt.

Dritter Neubeginn

Schon als ich mich noch in Hagen um Aufenthaltsformalitäten kümmerte, wurde ich darauf aufmerksam gemacht, dass mir eine Entschädigung für die Verfolgung während der Nazizeit zustehe. Dabei wurde ich auch befragt, ob ich Gesundheitsschäden anzumelden hätte. Diese Frage konnte ich aus zwei Gründen nicht bejahen. Erstens gab es damals keinen sichtbaren Anlass dazu (eventuelle unsichtbare Schäden zu beurteilen, war ich nicht imstande), und zweitens kann man nicht für eine verantwortungsvolle Arbeit – an der ich interessiert war – einsatzfähig sein und gleichzeitig durch eine Krankheit, welche auch immer, behindert sein. So verzichtete ich von vornherein auf eine Krankheitsentschädigung. Die normale Entschädigung von 150 DM für jeden Verfolgungsmonat habe ich aber gern akzeptiert, obwohl ich mich damit, offen gesagt, keineswegs entschädigt fühlte. Der Gesamtbetrag von 9.000 DM reichte gerade für die Anschaffung der notwendigsten Möbel für die neu bezogene Wohnung, so dass jeder von uns beim Einzug wenigstens in seinem eigenen Bett schlafen konnte. Ich habe übrigens ausgerechnet, dass mit der Einkommenssteuer der ersten drei Arbeitsjahre der oben genannte Entschädigungsbetrag in den Staatssäckel zurückgeflossen ist.

Auch die damaligen Gehälter in Westdeutschland reichten nicht für die bescheidene Versorgung einer vierköpfigen Familie aus. Meine Frau musste mitarbeiten, wenn auch nur halbtags, und die Mädchen wurden zu sogenannten Schlüsselkindern. Sie meisterten die Lage aber sehr gut. Und wir, die Eltern, standen ihnen in unserer Freizeit immer zur Verfügung.

Wir lebten nun also in der Diaspora, aber anders als in Oberschlesien (Polen) nun als Mitglieder der kleinen jüdischen Gemeinde mit der Bezeichnung »Israelitische Religionsgemeinschaft Württembergs«. Diese Zugehörigkeit war für mich sehr wichtig. Es ging um die Erziehung der Kinder. Ich konnte nicht zulassen, dass sie – wie das in Polen der Fall sein konnte – atheistisch aufwuchsen, mit falschen Werten und ohne Kenntnisse über das Judentum. Zumal das Fundament durch die viereinhalb Jahre Aufenthalt in Israel bereits gelegt war.

Soweit es also möglich war, sorgten wir dafür, dass unsere Kinder am Religionsunterricht und den sonstigen Veranstaltungen der Gemeinde einschließlich Ferienaufenthalten teilnahmen. Die Zugehörigkeit zur israelitischen Religionsgemeinschaft spielte aber auch für meine Frau und mich persönlich eine enorm wichtige Rolle. Wir konnten zum erstenmal in der Diaspora in der jüdischen Tradition leben, ohne deswegen Verfolgungen oder von außen auferlegten Einschränkungen ausgesetzt zu sein. Wir freundeten uns daher immer stärker mit dem Land und den Menschen an, unter denen wir lebten. Wir wurden sogar in gewissem Maße Lokalpatrioten, was sich besonders bei Fußballspielen (VfB) und anderen sportlichen Ereignissen bemerkbar machte. Als nach vier Jahren der schon fast vergessene Ausreiseantrag in die USA aktuell wurde, waren wir in Stuttgart bereits so integriert, dass wir keine Lust mehr verspürten auf den Neubeginn Nr. 4.

Ich machte zu dieser Zeit eine merkwürdige Entwicklung im Berufsleben durch, die nicht ohne Folgen bleiben sollte. Angeregt durch die von den Sowjets und den Amerikanern begonnene Raumfahrt, deren Grundlage eigentlich die Computertechnik ist, wandte sich mein Interesse so stark der Computerlogik zu, dass ich als einziger meiner Firma, der nichts mit Datenverarbeitung zu tun hatte, auf eigene Kosten einen Fortbildungskurs für Datenverarbeitung belegte. Ich bekam dadurch Einblick in ein für mich bis dahin völlig unbekanntes Gebiet. Das wurde auch der Beginn einer weiteren Spezialisierung in meinem Berufsleben. Ich erstellte Computerprogramme einschließlich der erforderlichen Systemanalyse, insbesondere im Bereich der Konstruktion von Transformatoren.

Ich war zu dieser Zeit, soweit mir bekannt, der einzige Jude in der Firma. Obwohl ich mich nicht als solcher kennzeichnete, wussten doch alle, die mich kannten, wer ich war und woher ich kam. Ich kann daher nicht entscheiden, ob ich aus Rücksicht auf meine Person niemals irgendwelche antijüdischen oder antiisraelischen Äußerungen seitens meiner Kollegen oder sonstiger Mitarbeiter zu hören bekam. Bei den politischen und kriegerischen Auseinandersetzungen zwischen den Israelis und ihren Nachbarn neigten die Meinungen überwiegend zur israelischen Seite. Auch diese Tatsache hat mich und meine Frau immer froh gestimmt, und wir empfanden darin eine nachträgliche Bestätigung, Polen mit der Bundesrepublik vertauscht zu haben. In Polen (und auch in der DDR) war die antijüdische und besonders die anti-israelische Stimmung offiziell und privat allgegenwärtig.

Wie schon früher ging ich gerne, bewusst oder unbewusst, eigene, möglichst nicht ausgetretene Pfade. Ebenso war es bei meiner jetzigen Arbeit, der Entwicklung von Großtransformatoren. Ich stieß auf neue Ideen (Erfindungen), die zur Ausarbeitung und Erteilung von Patenten führten. Der Inhaber dieser Patente wurde natürlich die Firma. Eine Ausnahme war die Erfindung einer neuen Ellipsenkonstruktion, die mir freigegeben worden war und die ich privat zum Patent anmelden und verwerten konnte. Dieser Vorfall weckte wieder meinen schlummernden künstlerischen Drang und leitete 1973 parallel zu meiner beruflichen Tätigkeit eine Periode künstlerischen Schaffens ein.

Meine autodidaktische Bemühung, mich weiter in das Wissensgebiet der Datenverarbeitung zu vertiefen, reichte bis in die Mitte der siebziger Jahre zurück, als ich auf eine damals noch wenig bekannte, von amerikanischen Wissenschaftlern schon in den 50er Jahren entwickelte DV-Technologie stieß. Diese sogenannte »Entscheidungstabellentechnik« hat mich dann so eingenommen, dass ich das bereits zusätzlich erworbene Wissen an meinem Arbeitsplatz angewandt habe.

Der Geschäftsleitung war diese meine Aktivität nicht entgangen, und sie folgte auch meiner Anregung, den betroffenen und interessierten Mitarbeitern diese DV-Technologie beizubringen. So kam es, dass ich mit 20 bis 25 Personen verschiedener Abteilungen einschließlich der Abteilungsleitung von Februar bis April 1976 während der Arbeitszeit fünf Lehrgänge zu je sechs Einzelstunden durchgeführt habe. Durch diese und andere Tätigkeiten wurde mein Arbeitsbereich als Systemanalytiker und Programmierer ›zementiert‹. Mit einem mir unterstellten Programmierer-Team übernahm ich die Aufgabe, einen großen Teil der manuellen Konstruktion der Transformatoren durch Computer ersetzen zu lassen. Damit waren wir freilich dabei, den Ast, auf dem wir saßen, selbst abzusägen. Man bemühte sich zwar seitens der Gewerkschaft, ein Auffangnetz aufzuspannen. Es war aber nicht ausreichend groß genug, so dass manche Mitarbeiter doch außerhalb des Netzes gelandet sind.

Meine künstlerische Periode begann mit Ausbruch des »Jom Kippur-Krieges« in Israel. Menschen wechseln oft, wenn sie unzufrieden sind, ihre Beschäftigung. Ich ließ mich von meiner eigenen Erfindung, der Ellipsen-Konstruktion, die auf einer Überlagerung von Kreisscharen beruht, zu der Frage inspirieren: Was kann man sonst noch damit anfangen? Ich fand eine Antwort in der Ästhetik der höheren Geometrie, deren Aussage und Anblick mich schon seit der Studienzeit gefesselt hat. Insbesondere traf dies auf die sogenannte »Sattelfigur« zu – in mathematischer Sprache ausgedrückt das »hyperbolische Paraboloid«. Dabei handelt es sich um eine gekrümmte Fläche, deren Schnittkurven Hyperbeln, Parabeln oder Ellipsen sein können und deren Darstellung allein mit geraden Linien zu bewerkstelligen ist, die einander entsprechend zugeordnet werden. Eine unendliche Vielfalt von Darstellungen ist dadurch möglich. Ich begann mit dieser geometrischen Figur zu experimentieren, indem ich geometrische Kompositionen konstruierte, die nicht nur dekorativ wirkten, sondern auch die von mir gewünschte Aussagekraft entwickelten.

Die zunächst auf Papier erstellten Konzepte wurden anschließend von mir manuell Linie für Linie auf klare Acrylglasplatten graviert und diese mit einer schwarzen Platte unterlegt. Eingerahmt, stellten diese Doppelplatten schließlich das künstlerische Endobjekt dar. (Zum besseren Verständnis dieser Arbeiten sind Fotos von vier Werken aus dieser Zeit beigefügt, Abb. 16 bis 19.)

Bereits 1974 fand die erste Ausstellung meiner Bilder bei der Einrichtungsfirma »Knoll International« statt. 1975 und 1976 beteiligte ich mich bei Gruppenausstellungen des Württembergischen Kunstvereins in Stuttgart. 1977 ging ich mit meinen Arbeiten nach Berlin und stellte sie für längere Zeit im Hotel Kempinski aus.

Im Dezember 1978 folgte ich einem Aufruf des »Abendjournals« im Zweiten Deutschen Fernsehen an bildende Künstler, sich an einer Aktion zur Schaffung eines Fonds für junge Künstler zu beteiligen. Die Aktion bestand darin, dass die Künstler ihre Ideen zum Thema Weihnachtsbaum künstlerisch darstellen und ihr Werk als Beitrag für den Fonds spenden sollten. Die einzelnen

Acrylglasstich – erstes Bild –, das LOGO. (Abb. 16)

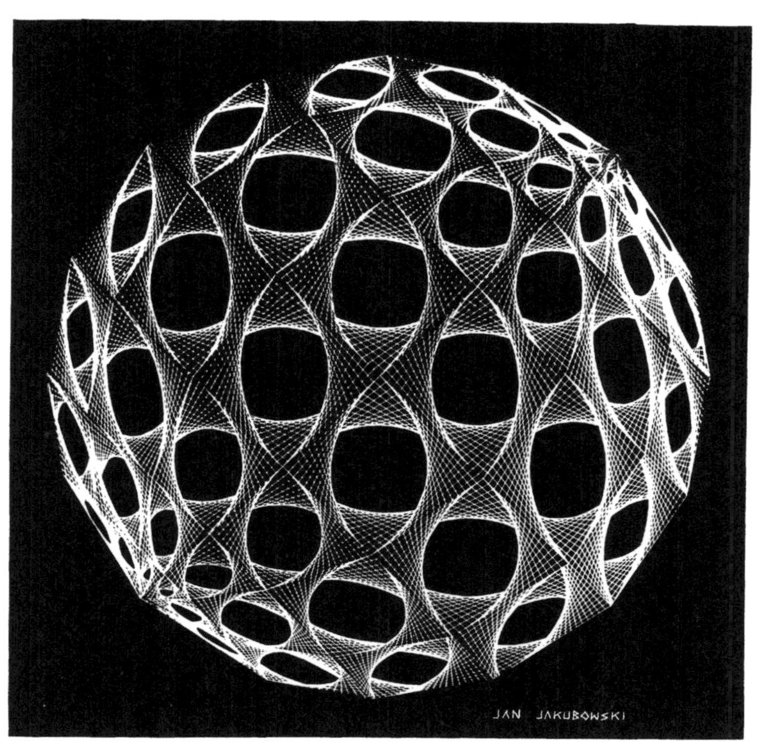

Acrylglasstich, Beispiel 2. (Abb. 17)

Acrylglasstich, Beispiel 3. (Abb. 18)

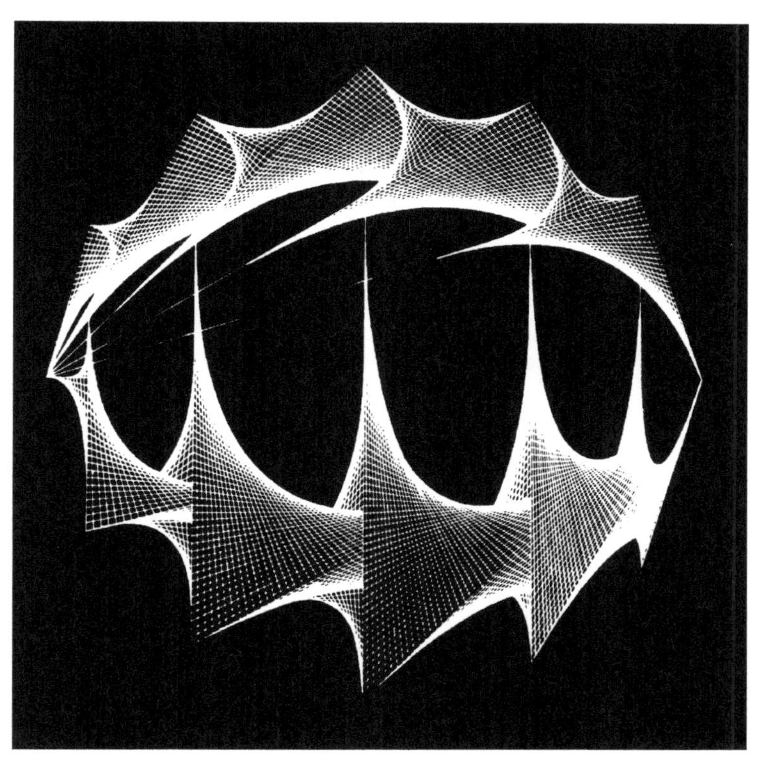

Acrylglasstich, Beispiel 4. (Abb. 19)

Werke sollten dann im »Abendjournal« an Zuschauer versteigert werden.

Bekanntlich ist der Nadelbaum erst seit dem 16. Jahrhundert mit Lichtern verziert in Deutschland zum Weihnachtsbaum geworden. Er hat also keine religiösen Wurzeln. Ich könnte daher, so überlegte ich, den Nadelbaum auch für andere Zwecke einsetzen, zum Beispiel seine gefällige Form für einen Leuchter verwenden.

Nun fiel in jenem Jahr der Weihnachtstag auf das schon seit mehr als 2000 Jahren gefeierte jüdische Lichterfest Chanukka, das zum Gedenken an die Wiedereinweihung (165 v. Z.) des von den Griechen verunreinigten Tempels in Jerusalem begangen wird. Dass die beiden Feste zusammenfielen, war entscheidend für meine Idee, aus diesem Baum den eigenartigen Leuchter Chanukkija mit acht plus einem weiteren Öllämpchen zu bilden. Um sicher zu gehen, setzte ich mich mit den Zuständigen beim »Abendjournal« in Verbindung und erläuterte ihnen meine Idee mit einer Konzeptvorlage, die volle Unterstützung fand. Ich habe also die Idee mit meinen gewohnten Darstellungselementen realisiert – mit einem zusätzlichen technischen Effekt. Dieser erlaubte es, die an den Enden der Zweige dargestellten Öllämpchen getrennt von übrigen Bildelementen zum Aufleuchten zu bringen.

Meine Motive für die Teilnahme an dieser Aktion hingen noch mit etwas anderem zusammen, das ich hier nicht verschweigen will. Die Säkularisierung und Assimilierung der zu dieser Zeit in der Bundesrepublik lebenden Juden – um die 30.000 – schritt stark voran. Nicht nur, dass die Mischehen mit ungeklärter Konfessionszugehörigkeit ein Problem waren; der kleinen jüdischen Gemeinschaft bereiteten auch viele jüdische Familien mit ungenügendem Wissen über das Judentum grosse Sorgen,

*Acrylglasstich »Weihnachten & Lichterfest Chanukka«.
Vorgestellt im ZDF, Dezember 1978. (Abb. 20)*

nicht anders als die damit eng verbundene fehlende Verwurzelung in der jüdischen Kultur. Diese war dem Sog der herrschenden Kultur einschließlich ihrer religiösen Feiertage ausgesetzt, dem sich viele nicht immer entziehen konnten oder wollten. Manchen dieser Menschen drohte, ohne dass sie die Bedeutung dieses Prozesses erkannten, der Verlust ihrer Identität. Dies hätte zu einer weiteren Dezimierung des jüdischen Volkes geführt.

Die Idee mit dem Nadelbaum kam mir daher sehr gelegen, um gerade diese Menschen durch eine visuelle Gegenüberstellung der Symbole zweier Kulturen auf ihre eigene Kultur aufmerksam zu machen und an ihre Wurzeln zu erinnern. Wir dürfen dabei nicht vergessen, dass auch Jesus von Nazareth das Chanukka-Fest gefeiert hat.

Das Bild wurde angenommen, und ich bekam Gelegenheit, es im »Abendjournal« mit den dazugehörigen geschichtlichen Zusammenhängen ausführlich vorzustellen. (Abb. 20) An den darauf folgenden Advent-Tagen wurde pro Abend ein Werk versteigert. Auch mein Bild zum Lichterfest fand auf diese Weise einen Käufer mit einem guten Erlös zu Gunsten des Fonds.

Die Kunstperiode währte zwar noch bis in die achtziger Jahre hinein. Aber ich wurde nun durch die Entwicklung im Bereich der Personal Computer wieder stärker angezogen und widmete mich mehr der Datenverarbeitung.

1980 besuchten meine Frau und ich zum ersten Mal seit unserer Auswanderung im Jahr 1957 Polen. Wir suchten alte Wohnorte auf wie Kattowitz, Gleiwitz und das Dorf, in dem ich aufgewachsen bin. Die Reise nach Wysoka machten wir mit einem Taxi, denn ich wollte das Großelternhaus unbedingt sehen, wenn es auch nur von außen war, und es meiner Frau zeigen. Am Haus angekommen, begegneten wir einer älteren Frau, der Besitzerin. Ich stellte mich als Enkel der ehemaligen Besitzer vor, die das Haus noch vor Ausbruch des Krieges aufgegeben hatten, worauf wir sogleich hereingebeten wurden. Der Raum, in den wir eintraten, war genauso, wie ich ihn seit 43 Jahren in Erinnerung hatte, als ich das letzte Mal in den Schulferien hier gewesen war.

Ich konnte verstehen, dass die Räume nicht umgebaut worden waren, aber dass der Wasserbrunnen vor dem Haus noch existierte und offensichtlich noch in Funktion war, konnte ich nicht begreifen. Nur der Zahn der Zeit hatte seine Spuren an ihm hinterlassen. Auch der verwilderte Garten mit der Umzäunung zeigte einen Zustand, der viele Fragen zu den Bewohnern, aber auch zum politischen System offen ließ. (Abb. 21)

In der Stube war eine weitere Frau, wahrscheinlich die Tochter. Als sie hörte, wer die Besucher waren, verständigte sie offensichtlich die Nachbarn aus den Nebenhäusern, denn kurz darauf kamen noch zwei weitere Frauen

Das ehemalige Großelternhaus in Wysoka. (Abb. 21)

hinzu. Eine von ihnen entpuppte sich als meine ehemalige Spielgefährtin. Sie konnte sich sogar noch an meinen Rufnamen Lubek erinnern. Auch ich kannte noch ihren Vornamen, Janka.

Aus weiteren Erzählungen erfuhren wir auch von dortigen Vorfällen während des Krieges: Erschießungen von im Dorf oder in der Umgebung versteckten Juden, die im nahe gelegenen Wäldchen stattgefunden hatten, das ich in der Ferienzeit so geliebt hatte. Einzelheiten darüber habe ich damals nicht erfahren, die kannte ich bereits aus dem eingangs erwähnten Gedenkbuch an die Strzyzower Juden. Hier wurden diese Berichte lediglich bestätigt. Die Täter waren damals nicht nur deutsche ›Übermenschen‹, sondern ebenso Einheimische und unmenschliche Nachbarn. Es gab unter den Nachbarn aber auch welche, die bis zuletzt Juden versteckt hielten. Leider waren sie in der Minderheit.

Auf dem Rückweg nahmen wir die Route über das nahe gelegene ehemalige jüdische Städtchen Strzyzow, wo ich meine Chederzeit verbracht hatte. An der Stadteinfahrt entdeckte ich ein Schild mit der Aufschrift »Willkommen in der Kreisstadt Strzyzow«. In der Stadtmitte am Marktplatz haben wir Halt gemacht. Ich wollte noch einen Blick auf die ehemalige Synagoge werfen, die, wie ich gehört hatte, erhalten geblieben war, unter Denkmalschutz gestellt wurde und nun als Stadtbibliothek diente. Aber auf dem Vorplatz der Synagoge – früher konnte man vom Marktplatz aus das Gebäude in voller Größe sehen – war ein großes Haus gebaut worden, so dass es keinen freien Blick auf die Synagoge mehr gab. An den übrigen Häusern um den Marktplatz herum hatte sich kaum etwas verändert. Oder doch? Es war eine gähnende Leere – kaum einen Menschen sah man auf der Straße. Und dass es in der ganzen Stadt keinen einzigen Juden mehr gab – früher waren einmal 90 Prozent der Einwohner Juden gewesen –, schien mir unerträglich. Unwillkürlich assoziierte ich die Aufschrift an der Stadteinfahrt mit der Realität: Kann man denn jemanden auf einem Friedhof ohne Gräber willkommen heißen? Wäre es nicht ehrlicher – und manchem wohl auch lieber gewesen –, wenn man dem Besucher ein Willkommen in der »judenfreien Stadt Strzyzow« entboten hätte?

Wir besuchten auch die Gedenkstätte Auschwitz, Lager Birkenau, wo meine selige Mutter und meine selige Schwester zum letzten Mal diese Welt mit den Gefangenen-Baracken, den Gaskammern und den Krematorien erblickt hatten, diese Hölle auf Erden.

Am Ende der Reise versuchten wir noch, Beziehungen mit alten Bekannten aufzufrischen und etwas von den viel gelobten Eigenschaften des herrschenden Systems der Volksrepublik Polen zu erfassen, doch vergeblich.

Ein Jahr später besuchten uns einige junge Leute aus Polen, um zum ersten Mal die westliche »freie Luft« zu atmen. In dieser Zeit fanden in Polen die für ganz Osteuropa und die DDR zündenden bedeutungsvollen Vorgänge um die »Solidarnosc«-Bewegung statt. Die darauf folgende Ausrufung des Ausnahmezustandes hatte zur Folge, dass ein junger Gast nicht mehr nach Polen zurückkonnte und in Deutschland blieb; ein weiterer Gast, eine Cousine meiner Frau, konnte nach kurzer Zeit in die USA auswandern. Dort ist sie nun mit ihrer Familie fest verwurzelt

1983 nahm die Auflösung der wichtigen Firmenabteilungen bei AEG in Stuttgart ihren Anfang; die Umstellung der Konstruktionstätigkeit von manueller auf Computerausführung war weit vorangeschritten. Als erste wurden die älteren Jahrgänge in den Vorruhestand versetzt. Zu diesen gehörte auch ich.

Meine Frau, von Mitte der siebziger Jahre an wieder
voll beschäftigt, hörte ein Jahr früher auf als ich. Unsere
Töchter waren damals gerade mit ihren Diplomarbeiten
beschäftigt, die Ältere in Architektur, die jüngere in In-
formatik und beide bereits aus dem Hause.

Schon während unseres Aufenthaltes in Israel hatte
sich meine Frau für das Judentum und die jüdische Lehre
interessiert. In Stuttgart begann sie, die jüdische Geschichte
und Tradition regelrecht zu studieren. Dies und die jüdische Erziehung der Töchter hatten zur Folge, dass wir
schließlich einen traditionellen jüdischen Haushalt führten. Meine Frau vollzog den offiziellen Beitritt zur israelitischen Religionsgemeinschaft mit allen Konsequenzen.

Für uns begann nun eine Zeit, in der wir unsere noch
vorhandene Energie über die allernächste familiäre Umgebung hinauslenkten. Die ersten Schritte hatten wir schon
früher mit dem Eintritt in die »Gesellschaft für Christlich-
Jüdische Zusammenarbeit« (CJZ) getan – in der Hoffnung,
mit unseren Erfahrungen einen Beitrag zur Verwirklichung
der edlen Ziele dieser Gesellschaft leisten zu können.

Ich beobachtete die Entwicklung der CJZ und stellte
einen enormen Bedarf an Information über das Judentum
allgemein und an Aufklärung über Aspekte der jüdischen
Religion im Besonderen fest. Obwohl es viel gute Literatur zu diesem Thema gab und durch neue immer weiter
ergänzt wird, obwohl alle Medien sich mit dem Thema
Judentum und dem Holocaust intensiv beschäftigten,
klaffte doch eine große Lücke auf diesem Gebiet. Diese
Beobachtung führte zu der Folgerung: Wenn es schon bei
den Mitgliedern dieser Gesellschaft so ist, die an solchen
Themen erwartungsgemäß viel interessierter sind als andere Teile der Bevölkerung – wie muss dann dieser Bedarf
erst bei den anderen Bürgern aussehen? Darüber wurden
allgemein Gedanken angestellt, und wir kamen zu der

Ansicht, dass für die angestrebte Bewusstseinsbildung zusätzlich ein direkter Dialog zwischen den Gruppen notwendig sei, der bei der Verarbeitung der relevanten Literatur behilflich sein müsste.

Leider kam der gewünschte und angestrebte Dialog zwischen den zwei Gruppen nie wirklich zustande. Die Gründe sind vielfältig: Nicht, dass es an gutem Willen gefehlt hätte. Aber es überwogen wohl die sonstigen Bedingungen, die Last der alten Geschichte, welche vielleicht sogar umgeschrieben werden müsste, die Last der gemeinsamen neuen Geschichte, die in vielen Gesichtspunkten ungleichen Dialogpartner, die ungleichen Erwartungen und anderes mehr. Diese kleine Analyse zeigte mir, dass zuerst ein Vordialog mit ganz anderen Prämissen, vielleicht mehrere dieser Art erforderlich seien, wollte man mit einem Dialog ernsthaft beginnen. Es brauchte weitere zehn Jahre, bis ich mich aktiv in dieser Richtung betätigen sollte, indem ich im Vorstand der Gesellschaft CJZ eine entsprechende Aufgabe übernahm.

Unterdessen experimentierte ich ununterbrochen mit der neuen Technologie, der Anwendung von PCs und der Entwicklung von Software (Programmen) für diverse Zwecke und in verschiedenen Programmiersprachen. Von allen zur Verfügung stehenden Systemen zur Herstellung von selbstständigen Anwendungen hat mich am meisten das DBASE-System überzeugt. Mit ihm war ich in der Lage, Programme für fast alle gängigen administrativen, kaufmännischen und technischen Probleme zu erstellen. Das wurde auch seit 1989 zu meiner Hauptbeschäftigung.

1997 wurde ich von der Steven Spielberg Stiftung SURVIVERS OF THE SHOAH VISUAL HISTORY FOUNDATION angesprochen, ob ich bereit wäre, über meine Erlebnisse als SHOAH-Zeitzeuge zu berichten. Ich musste nicht erst überzeugt werden, wie wichtig eine Sammlung

Tochter Susanne, Purimfest 1961. (Abb. 22)

dieser Zeitzeugen-Berichte für die Geschichte, die zukünftigen Generationen, ja für den Bestand der Menschheit ist. Einige Wochen später habe ich in einem mehrstündigen Interview bei mir zu Hause vor der Kamera ein Zeugnis dieser schrecklichen Jahre abgelegt.

Vorher hatte ich nur zweimal Gelegenheit gehabt, in einer Schule und in einer kirchlichen Gemeinde, über meine Erlebnisse aus der Kriegszeit zu berichten, wenn auch nur episodenhaft und in begrenztem Umfang. Auch meine Töchter kannten bis dahin nur einige Episoden aus meinem Leben. Diese Zurückhaltung war auf meiner Seite darauf zurückzuführen, dass ich mir nicht sicher war, ob ich sie mit meinen Erlebnissen in der Kriegszeit, die so ganz anders als die der Väter ihrer Schulfreundinnen waren, nicht vielleicht so stark beeinflussen würde, dass die Beziehungen zu den Mitschülern in Mitleidenschaft gezogen werden könnten – vielleicht sogar das Verhältnis zu den Mitmenschen insgesamt. (Abb. 22 und 23). Bei den beiden heranwachsenden Enkelinnen, mit denen wir

Tochter Barbara, Schulanfang 1962. (Abb. 23)

gesegnet wurden – der Ewige sei gepriesen –, sind Umfang und Intensität dieses Wissens verständlicherweise noch geringer.

Um aber der Gefahr des völligen Vergessens vorzubeugen, entschloss ich mich, diesen Bericht niederzuschreiben, damit für künftige Generationen eine weitere Gedächtnisstütze geschaffen werde.